건축의 신 13

반자개 장편 소설

초판 1쇄 찍은 날 | 2017년 4월 21일
초판 1쇄 펴낸 날 | 2017년 4월 28일

지은이 | 반자개
펴낸이 | 예경원

기획 | 위시북스
편집책임 | 박우진
편집 | 이즈플러스

펴낸곳 | 예원북스
등록번호 | 제396-2012-000132호
등록일자 | 2012. 7. 25
KFN | 제1-098호

주소 | 경기도 고양시 일산동구 호수로 646-24 위너스21Ⅱ빌딩 206A호 (우)10401
전화 | 031-819-9431 팩스 | 031-817-9432
E-mail | yewonbooks@naver.com

ⓒ반자개, 2016

ISBN 979-11-6098-191-9 04810
      979-11-5845-549-1 (set)

※ 파본은 구입하신 서점에서 교환하여 드립니다.
※ 저자와 협의하여 인지를 붙이지 않습니다.
※ 이 책은 예원북스와 저작자의 계약에 의해 출판된 것이므로 무단 전재 및 유포, 공유를 금합니다.
※ 이 도서의 국립중앙도서관 출판시도서목록(CIP)은 서지정보유통지원시스템 홈페이지(http://seoji.nl.go.kr)와 국가자료공동목록시스템(http://www.nl.go.kr/kolisnet)에서 이용하실 수 있습니다.

반자개 장편 소설
WISHBOOKS MODERN FANTASY STORY

건축의 신

13

CONTENTS

86장 변화   7

87장 포석   73

88장 졸업작품(1)   115

건축의 신

89장 졸업작품(2)	173
90장 서울행(1)	229
91장 서울행(2)	273

승범이 말했다.
"성훈아, 네가 결정해라."
"뭘?"
"우리 진로. 그렇게 하기로 우리끼리 의견을 모았다."
성훈이 고개를 갸웃했다.
'왜 내게 자신들의 진로를 맡기려고 하는 걸까?'
그 마음을 알기라도 한 듯, 승범이 답했다.
얼굴에 확신의 미소를 머금은 채 말이다.
"그게 가장 좋은 결정이 될 것 같거든."
따라갈 수 있는 리더가 있다는 것.
그리고 그 리더가 믿을 만하다면, 그 이상의 선택지가 또 있을까?

여기 모인 50명은 모두 성공을 위해 달리는 자들이었다.

그 첫걸음은 당연히 취업이었고.

최고의 기업에 입사하기를 원했고, 최고의 몸값을 받고 싶어 했다.

자신의 가치를 입증하기 위해 안 해본 것이 뭐가 있을까?

학점. 토익. 스펙 쌓기.

그리고 인맥과 연줄까지.

그러나 그들이 최근 일을 겪으며 내린 결론은 허무하리만치 단순했다.

'우리가 4년 동안 죽을 똥을 싸면서 이뤄놓은 것보다, 녀석과의 일 개월이 더 좋은 결과를 만들어 냈거든.'

물론 그 당시는 죽고 싶을 정도로 힘들었다.

부족한 잠에, 성훈과 비교되는 자괴감, 스스로의 능력에 대한 불확신.

'내가 이것밖에 안 되는 놈이었던가?'

하지만 힘들었던 기억은 지나면 추억이 된다.

심사숙고 끝에 결론을 내렸다.

'우리들만으로는 불가능해. 지난 한 달보다 더 충만하고 가치 있는 결과를 만들어 낼 수가 없어.'

그게 팀원들의 머리를 맞댄 결론이었다.

물론 보람의 한마디도 결정적이었다.

"내 인생에서 가장 빛나는 시간이 언제였는지 알아? 바로 지난 한 달이야. 너희들은 어떻게 생각할지 몰라도."

그 말에 이의를 제기할 사람은 아무도 없었다.

지금의 결과를 만들기 위해 어금니가 닳아 없어질 정도로 이를 악물었으니까.

보람이 비장한 목소리로 말했었다.

'난 계속 그렇게 빛나고 싶어. 그래서 난 성훈이가 가는 곳을 따라가야겠어. 설령 그게 죽을 것처럼 힘든 곳이라도 말이야!'

승범에게 물었다.
"너희들 모두의 의견이야?"
50명이 하나같이 고개를 끄덕였다.
'뭐야? 죽음이라도 각오한 녀석들처럼.'
녀석들의 진지한 표정을 보면서, 머릿속으론 계산기를 두드렸다.

분명히 다른 길은 있었다.

아직 다른 기업들은 우리에게 조건을 제시하지 않았다.

내가 현재를 긍정적으로 생각하는 것은 지금까지 만들어 둔 기반 때문이다.

녀석들은 다른 곳의 조건도 들어보고 서로의 장단점을 파악한 후에, 내게 말할 수도 있었다.

'하지만 녀석들은 그걸 기다리지 않았지. 기다릴 필요도 없다고 생각했던 거야.'

이건 수동적이거나 피동적이라는 문제가 아니다.

그저 신뢰다.

그것도 무조건적인 신뢰!

머리 한쪽에서 말했다.

'그렇게 고생을 하고도 나를 따라오겠다? 힘들어 죽을 것 같은 인상을 하면서도 내 뒤를 따르겠다?'

이 말이 의미하는 바가 뭐냐?

'지금까지 해온 정도의 일은 충분히 견딜 수 있다는 거지.'

한 달 동안의 미칠 것 같은 강행군이 녀석들을 단련시켰다.

절로 지어지는 웃음을 감출 길이 없었다.

'괜찮잖아. 이런 것도. 정예병은 쉽게 만들어지는 게 아니거든.'

이들을 갈취해 내 이득을 구하는 거라면 부끄러울 수도 있겠지.

하지만 그게 아니거든.

내가 그들을 신뢰해 준 만큼, 녀석들도 내게 신뢰를 보내고 있었다.

'그렇다면 걸맞은 응답을 해줘야지.'

그들에게 물었다.

"지금까지 많이 힘들었지?"

승범의 그늘진 눈 밑이 꿈틀거렸다.

'몰라서 묻는 거냐? 지금.'

어이 상실과 분노가 섞인 묘한 눈빛으로 내게 답했다.

"그런데 말이야. 이제껏 해온 건, 정말 아무것도 아닐 수도 있어. 그건 연습이거든. 연습."

쿵!

50명의 심장이 덜컥거리는 소리가 들렸다.

그들의 눈동자가 잠시 경련했지만, 동요는 이내 진정되었다.

승범이 입을 비집고 나오려는 신음성을 누르며, 고개를 뻣뻣하게 들었다.

"할 수 있…… 어. 까짓것."

"후회하지 않을 자신 있어?"

승범이 비장하게 고개를 끄덕였다.

"응."

그들의 결심에 부응해 주리라 마음먹었다.

'좋아. 그럼 더 혹독하게 훈련시켜 주지.'

지금부터 다시 일 년이 지난 후에 녀석들은 어떤 표정을 지을까?

그때도 이런 각오가 서 있다면, 난 새로운 수준의 작업을 할 수 있을 것이다.

일심동체라고 했던가?

승범은 등 뒤에 있는 팀원들의 마음을 느낄 수 있었다.

성훈이 내주는 시험!

쉽지는 않겠지만, 모두 극복해 주지.

'과연 할 수 있을까?' 하는 의문이 없는 것은 아니다.

하지만 그걸 뛰어넘을 수 있는 한 마디.

'그래 봐야 죽기밖에 더하겠어?'

대충대충 부품처럼 살면서, 그렇게 신에게 허락된 시간을 때우다가 병석에서 늙어 갈 텐가?

그게 진정 행복이라 생각하는가?

승범의 이 질문에 모두 고개를 가로저었었다.

'원하는 일을 하고 싶어!'

'명성도 얻고 싶어!'

'내가 할 수 있는 게 어디까지인지 알고 싶다고!'

'죽어도 좋으니, 나를 불태워 보고 싶다고!'

넘치는 에너지를 주체하지 못하는 젊음.

그러나 아무도 그 에너지를 인정하지 않는다.

정당한 가치로 환산해 주지 않는다. 100의 일을 했지만, 50을 지급한다. 그게 이 사회의 룰이라고 말한다. 수요 공급의 법칙이라고 말한다.

열심히 일할 필요가 없어진다.

허공으로 사라진 50의 가치가 아까워진다. 스스로를 불태워야 할 동기가 사라진다. 그렇게 사회의 부품이 되어 소모되기 시작한다. 그렇게, 그렇게 늙어 흙으로 되돌아간다.

하지만 이제는 다르다.

아니 다르게 살 기회가 생겼다.

사회의 룰?

그건 그 사회의 룰이 되었다.

왜냐고?

'그게 몽땅 개소리라는 걸, 성훈이 증명했다고.'

박람회가 끝나면 창고에서 썩어 가리라 생각했던 그 작품들을 아랍의 부자가 사겠다고 한다.

상상도 할 수 없는 금액, 200만 불에.

그걸 성훈이 코웃음 치면서 거절했다고.

사는 사람이 갑이 아니라, 파는 놈이 갑인 경우는 승범의 입장에서는 살다 살다 처음이었다.

성훈의 입장은 간단했다.

'당신이 만들 수 있으면 만들든가!'

그럴 자신 없으면 돈 들고 와서 사가라.

'그 순간에 내 몸값이 수직 상승했다고.'

연봉 2,000만에서 월봉 2,000만으로!

압둘은 그러고도 부족하면 말하라 했다.

'이런 일을 가능하게 해주는 사람이 또 있을까? 현재 사장? 회장?'

아니다.

그들은 자신들의 잠재력은 인정하되, 가격을 깎으려 들 것이다.

그게 상인이니까.

하지만 성훈은 상인이 아니다.

상인으로 하여금, 제대로 된 값을 지불하게 만든다.

그 대상이 아랍의 부자이든, 기업이든 상관없이!

병석에서 손주들 보면서 늙어 죽는 게 얼마나 행복한지 아느냐! 고 반문하는 사람도 있겠지.

이렇게 되묻겠다.

'그게 어떻게 행복이냐?'

늙어서도 정정한 모습으로, 할아버지의 무용담을 이야기해 줘야지!

손주들에게 이런 말을 들어야 하지 않겠는가?

'할아버지. 진짜야? 저 건물을 진짜로 할아버지가 만들었어?'

입을 딱 벌린 채, 고사리 같은 손으로 대형 스크린을 가득 채운 건물을 가리키겠지.

그때, 직접 지은 자가 아니면 절대로 말할 수 없는 드라마 같은 이야기를 들려주는 거야.

거짓말 같은 진짜 이야기가 손주 녀석들의 눈과 귀를 사로

잡을 것이다.

현장에는 믿을 수 없는 이야기투성이니까!

특히나 성훈의 현장이라면 두말할 필요도 없지!

'그때! 이 할애비가 말이야.'

수 세대를 걸쳐 내려가도 지겹지 않을, 전설 같은 이야기가 시작될 것이다.

이게 젊음이고, 그게 야망 아니던가?

내 능력을 확인하기 위해, 나는 성훈의 손을 잡는다.

'이 녀석이 우리를 어디까지 끌고 들어갈지, 나는 감히 가늠할 수 없어.'

녀석이 우리를 인도하는 곳은 지옥의 밑바닥일 수도, 천국의 꼭대기일 수도 있다.

녀석이 질주를 멈추는 곳에 결과가 있을 것이다.

중간중간에 확인할 수 있지 않냐고?

그와 동행해 본 사람은 모두 똑같이 말한다.

'옆에 돌아볼 틈 따위는 없어. 따라가기도 숨차!'

목적지에 도달해서야 알게 되겠지.

녀석이 신인지 아니면 마왕인지.

신이면 천국일 것이고, 마왕이면 지옥일 테니까.

설령 마왕이라고 해도, 후회는 없을 것 같다.

'60년 뒤에 말이야. 누군가가 내 평생 가장 잘한 선택을 꼽으라고 한다면, 나는 성훈을 따르기로 한 것을 꼽기에 주저

하지 않을 것 같거든.'

두 번 다시는 오지 않을 기회, 절호의 찬스, 그게 지금이었다.

심장이 두근거린다.

내일은 또 어떤 재미있는 일이 기다리고 있을지.

팀원들과 눈을 마주쳤다.

이제는 눈만 봐도 생각이 읽힌다.

왜냐고?

한 달간의 특훈 때문이다.

시간이 부족하니 일일이 말로 설명할 것조차 우리는 아까워했었다.

'그리고 깨달았지.'

때로는 눈빛이 더 많은 정보를 전달한다는 걸.

말이나 글로는 설명하기 어려운 뉘앙스까지도.

척하면 척!

딱! 딱! 딱!

끝!

수고했어. 박수! 짝짝짝!

말이 왜 필요한가?

피식 웃음이 나왔다.

'녀석들도 나하고 똑같은 생각을.'

이제 박람회는 끝났다.

이 후에 진행될 일을 진행해야 할 때였다.

최 옹에게 물었다.

"어르신, 학과 창설은 잘 되어 가세요?"

"그래. 잘 되어 가고 있지."

실질적인 자금이나 시스템은 학교에서 지원하지만, 장인들이 그에 능동적으로 적응을 해야, 비로소 제대로 된 학과가 만들어지는 것이었다.

"그런데 왜 그렇게 표정이 어두우세요?"

"엥? 내가 표정이 어두워? 그럴 리가."

그는 감추려고 했지만, 내 눈을 피하기는 어려웠다.

학과 창설의 문제는 아니라고 했으니, 다른 문제일 터!

"무슨 문제가 있는지 허심탄회하게 말씀해 보세요. 혹시 알아요? 제가 도움이 될지?"

내게 전통건축학과는 끊임없이 장인들을 공급하는 인재풀이 될 예정이었다.

그 시작에 삐걱거리는 소음이 발생하기를 원치 않았다.

"흠. 굳이 이런 걸로 자네에게 부담을 주고 싶지는 않은데 말일세······."

이렇게 대목장이 얘기를 꺼낸 것은 고가의 기계 장비를 구입하는 문제였다.

"오억 정도가 있으면 된다는 말이네요. 학교에 구입해 달라고 하시면 되잖아요?"

대목장이 눈썹을 으쓱이며 말했다.

"안 해 봤겠나?"

저 표정은 분명히 반려를 당한 거다.

'총장, 이 양반이! 데리고 올 때는 무조건적인 지원을 해준다고 해놓고는.'

최 옹이 말을 이었다.

"이미 학교에서는 우리 때문에 돈을 많이 썼지. 암."

어떻게 총장에게 설득을 당했는지 몰라도, 반려가 당연하다는 말을 하고 있었다.

오히려 총장에게 미안해하는 표정도 보였다.

'이 능구렁이 같은 양반이!'

내가 없다고, 순진한 최 옹을 구워삶았다 그거지!

세상 법 없이도 살 양반인데, 그걸 이용해?

살짝 열이 올랐다.

"총장이 뭐라고 하던데요?"

최 옹이 입을 다시며 말했다.

"쩝! 학과를 만드는 데, 예상했던 것보다 훨씬 더 많은 지출이 있었다고 하더군."

"그래서요?"

"그래서는 뭐. 지금은 어렵고, 다음에 구입해 주겠다고 하더군."

정치인과 행정가의 입에 붙은 말이다.

'다음에.'

내년에는 또 '다음에'를 반복하겠지.

'이미 박람회로 이슈를 탔다 그거지?'

본전을 뽑았으니, 더 이상 투자하기 싫다는 말이리라.

"총장이 직접 그랬어요?"

최 옹이 고개를 끄덕였다.

"그래. 너무 뭐라 하지는 말게. 총장도 할 만큼 했지."

그는 이미 욕심을 버린 듯한 모습이었다.

'이만큼 해준 것만 해도, 어디냐?' 하는 얼굴.

하지만 내 생각은 달랐다.

'그건 어르신 생각이시구요.'

학교에 돈이 모자랄 리가 없다.

없으면 꿔서라도 메꾸는 곳이 학교다.

매년 입학하는 신입생의 입학금으로 자금이 빵빵할 것이고, 정 없다면 대출이라도 한다.

대학의 신용도가 얼마나 높은데!

'그냥 우선순위에서 밀렸다는 말이잖아. 지금 누굴 핫바지로 보시나!'

다른 과에서 징징댔겠지.

왜 전통학과에만 투자하냐. 우리도 해 달라.

총장도 전체를 조율하는 입장이니, 다른 학과와의 형평성을 고려했겠지만, 나하고의 약속을 어기면 곤란하지.

'입장은 이해해. 하지만 납득이 안 된다고.'

힐끗 쳐다본 최 옹의 이마에 주름이 늘어 있었다.

잠시 박람회에 몰두하는 사이, 혼자서 자금을 조달하려고 전전긍긍했던 모양이다.

대목장 주변에 돈 있는 사람이 얼마나 있겠어? 그리고 투자해 줄 사람은?

당연히 없지.

"그런 일이 있으셨으면 저한테 말씀을 하시지."

안쓰러워하는 내게, 그는 더 안쓰러운 표정을 지었다.

"나도 양심이 있는데, 그럴 수야 있나. 잠도 제대로 못 자고 다니는 사람한테."

이렇게 순박한 사람한테 말이야.

인내하고 노력해서 성과를 내는 착한 사람에게는 상을 줘야 한다.

'넌 잘 참으니, 좀 더 참으라고 할 게 아니라.'

이렇게 성과를 내는 우리를 뒷전으로 밀겠다고?

다른 과에서 학교를 위해 한 게 뭔데!

수화기를 들었다.

"어디다 전화하려고?"

"총장한테요. 당장 내놓으라고 해야죠."
"그럴 필요까지야. 다음에 해준다고 하는데."
순진한 대목장의 말에 코에서 콧김이 나왔다.
"다음은 다음이구요."
그가 나를 만류했다.
"너무 우리 편의만 찾으면, 다른 과에서 우리를 이기적이라 하지 않겠나?"
잘 뛰는 말이 당근을 먹겠다는데, 거기서 이기적인 게 왜 나와요?
달리지도 않는 것들이 똑같이 당근 먹겠다고 덤비는 게 더 이기적이지.
말리는 손을 뿌리치며 버튼을 눌렀다.
"내 권리 내가 찾겠다는데, 누가 뭐라 하겠어요."
칙사 대접을 해줘도 시원찮을 판에, 예산을 깎아!

전화를 걸며 물었다.
"어르신. 그 이야기, 언제 들으신 거예요?"
"어제 최종 통보를 받았다네. 모르고 있었나?"
"당연히 몰랐으니까 여쭤보는 거죠. 어제까지만 해도 아무 말 없었는데."
"예산을 아무리 쥐어짜도 뺄 구멍이 없다면서 미안하다고 사정을 하더구만."

왜 이제야 그 말을 하는 것일까?
미리 이야기해 줄 수도 있었는데.
그러다가 어렴풋이 생각이 들었다.
'아. 연말이구나. 예산 결정이 끝나는구나.'
시간이 넉넉할 거라 생각했던 예산 책정 마감일이 어느새 눈앞에 다가와 있었다.
그리고 또 하나 의문!
되든 안 되든, 통보를 해주는 거야 당연한 거였다.
하지만 매번 나한테도 연락을 주다가, 왜 이번에는 최 옹에게만 연락을 하는 거냐고.
'내가 모르고 지나치기를 바란다. 그거로군.'
내 속을 모르는 최 옹은 미안한 마음이 앞선 듯했다.
"괜히 말해서 분란만 일으켰구만. 나이 먹어서 주책도 없이."
"주책이 아니시죠. 학과장으로서 당연히 해야 할 말씀을 하신 건데요."
"그래도 쓸데없는 분란을 일으키는 것 같아 마음이 편치 않으이."

그사이, 전화가 연결되었다.
–오! 성훈 군. 박람회 대박 쳤다면서!
내 전화를 받자마자 그는 축하 인사부터 건넸다.

"네."

무감정한 단답형의 말에 수화기 건너편에서 뜨끔해 하는 장면이 떠올랐다.

'찔리는 구석이 없으면, 이러지 않겠지.'

하지만 노회한 그는 티 내지 않고 대화를 이어갔다.

-압둘 왕자가 200만 불을 제안했다면서, 팔 건가?

"그걸 왜 저한테 물으시죠?"

-왜 묻다니, 당연히 자네가 결정해야지. 자네가 제일 큰 권리를 가지고 있질 않나?

돈을 번다는 데, 기분 나빠할 사람이 어디 있으랴!

나도 사람이고, 돈 버는 것은 기분 좋은 일이었다. 노력의 결과를 보상받는 것이 아니던가?

그는 칭찬을 이어갔다.

칭찬을 고래도 춤추게 한다고 했던가?

나도 모르게 기분이 좋아졌다.

가만히 듣고만 있는데, 최 옹이 내 팔을 흔들며 달래는 소리가 들려왔다.

"그래. 성훈아. 잘 참았어. 흥분한다고 될 일이 아니야."

그는 내가 무슨 통화를 하는지도 모르고, 그저 싸움이 벌어지지 않았다는 데서, 안도의 한숨을 내쉬고 있었다.

'고마워요.'

최 옹의 한 마디에 정신이 돌아왔다.

'능구렁이 같은 양반. 비행기 태우기는.'

총장은 쉴 새 없이 칭찬하며, 나를 띄워주고 있었다.

'당신 의도는 뻔히 보이거든요.'

과연 총장은 내가 왜 전화했는지, 몰라서 이러는 걸까?

스스로 생각하고, 고개를 절레절레 저었다.

'일부러 요점을 피해 가는 거지. 내가 장비 얘기를 못 하도록 말이야.'

총장에게는 시간이 필요했다.

긴 시간도 아닌, 단 이틀!

연말이 지나기 전에 예산의 편성이 끝나니까.

편성이 끝나고 각 과에 통보가 되면, 그때는 변경이 어려운 것이다.

그때까지만 내가 모르면, 그의 목적은 반 이상 달성하는 것이었다.

이미 내가 많은 이득을 거뒀다고 생각할 것이다.

'그러니까 좀 손해를 봐도, 그냥 넘어갈 수도 있다고 생각하겠지.'

하지만 어림도 없는 소리.

내가 이득을 거둔 건 내가 열심히 했기 때문이지, 그냥 운이 좋아서 그런 것이 아니질 않나!

그리고 또!

운이 좋아서 이득을 거뒀다고 한들, 그렇기 때문에 손해를 봐도 된다는 논리가 어딨어?

그게 말이야, 방구야!

총장의 생각은 이해가 되었다.

'내가 받아야 할 예산을 다른 곳으로 돌리면, 다른 과에 좀 더 혜택이 돌아가겠지.'

그런 만큼 총장은 생색을 낼 기회가 생긴다.

전체를 조율하는 입장이니, 이해는 간다.

총장이라고 비난을 받는 게 좋겠는가?

하지만 그건 그쪽 사정!

'내 사정을 더 깊이 배려했다면, 이런 말이 나올 리가 없지.'

멍하니 있다가 예산 편성이 끝나버리면?

그때는 '어쩔 수 없지 않냐. 사정을 좀 봐줬으면 좋겠다.' 이렇게 오리발을 내밀겠지.

그때 가서도 수정하면 되지 않느냐고?

그게 말이 쉽지, 지난한 일이거든.

이미 예산을 통보받고, 각 과에서도 예산에 맞춰 일을 진행시키는데, 그걸 전통 건축학과에서 억지로 뜯어갔다고 해보라.

상상도 할 수 없는 비난이 쏟아질 것이다.

'전통학과 때문에 예산을 변경되었다고 소문이 날 테니까.'

애초에 없었던 돈이라면 몰라도, 이미 받기로 한 예산이 줄어드는 것은 그 의미가 천양지차다.

그건 내가 강탈하는 것이나 다름이 없다. 적어도 그들의 입장에서는 말이지.

그게 정당한 거라고, 우리가 한 일의 당연한 대가였다고 주장해 봐야 의미가 없다.

'그들을 하나하나 설득하거나, 그게 아니라면 대판 싸움을 각오해야 하지.'

하지만 나는 학과 전체에 싸움을 걸 정도로 무모한 놈은 아니었다.

그걸 알기에 총장은 어떻게든 이 자리를 모면하고 넘어가려고 하는 것이리라.

어느새인가 총장의 말에 휘둘려 나도 기분이 좋아져 있었다.

'이대로 휩쓸리면 칭찬만 받다가 통화 끝나겠는걸.'

나이 지긋한 양반이 어찌나 혀가 부드러운지, 다른 사람이었다면 뇌가 물컹물컹 녹아내렸을지도 모르겠다.

그러나 나는 목적을 명확하게 기억하고 있었다.

내 마음이 차분하게 내려앉았다.

흥분할 이유도, 그의 칭찬에 기분 좋을 이유도 없었다.

내가 상대해야 할 사람은 보통 사람이 아니었다.

능구렁이 총장이었다.

'내 기분을 성토할 것이 아니라, 거래를 해야지.'

얻을 것이 있으면 얻고, 필요 없으면 버린다.

그게 누가 되었건 말이다.

최 옹이 왜 저리 전전긍긍하는지도 알고 있었다.

'어르신 입장에서는 총장이 구세주겠지.'

전통건축의 명맥을 이어줄 구세주 말이다.

물꼬를 내가 텄다고는 하지만, 그것을 받아준 사람은 총장이었으니까.

적어도 명목상, 표면상으로는 그랬다.

그래서인지 대목장이 모은 사람들, 모두 다 총장의 눈치를 보고 있었다.

'문제 될 게 없다고 생각했는데, 오판이었어.'

단지 장비를 구입하느냐, 못 하느냐의 문제가 아니라, 더 근본적인 문제가 불거진 거였다.

'대목장을 포함한 모든 사람들은 내 사람이라구.'

총장의 사람이 아니다.

눈치를 봐도 내 눈치를 봐야 하고, 배려를 해도 나를 배려해야 옳았다.

적어도 내 기준에서는!

당신들의 자리를 잡아주고 자존심을 세워주는 사람은 총장이 아니라, 나라는 것을 확실하게 해야 했다.

또한 총장에게는 은근슬쩍 눈치 보며, 숟가락을 들이밀 자리가 아니라는 것을 확인시켜야 했다.

'여기서 관계를 확실히 마무리 지어야겠이.'

더 이상 총장이 내 사람들에게 영향력을 발휘하지 못하도록.

학교에서 벌어지는 일들이니, 총장의 손아귀를 완전히 벗어날 수는 없지만, 학과의 일에 대해서 배 놔라 감 놔라 할 수 없도록 만들어 두는 것. 그것이 중요했다.

'그러려면 자금의 독립이 필요하지.'

"총장님 덕분에 잘 마무리 지을 수 있었습니다."

그의 너털웃음 소리가 들렸다.

-허허허. 내가 뭐 한 일이 있다고, 다 자네들이 잘해 줘서 그런 거지.

그도 나도 서로를 추켜세웠다.

총장은 실무자들을 칭찬하면서도 내심 스스로 뿌듯한 것을 감출 수 없는 듯했다.

마지막까지 이렇게 원원하며 끝났다면 얼마나 아름다울까?

'이 싸움! 총장께서 먼저 걸어오신 겁니다.'

각오를 다졌다.

"저도 학교 홍보에 도움이 될 수 있어서 정말 기쁘게 생각합니다."

-그래. 그래. 자네가 이번에 정말 큰일을 해 줬어. 올해 초에 제안했을 때만 해도 이런 큰 사고를 칠 거라고는 생각하지 못했었는데 말이야. 허허허.

그렇게 서로에 대한 칭찬을 끝냈다.

계속 듣고 있다 해도, 총장은 장비 구입 자금에 대한 이야기를 꺼내지 않을 것이다.

설령 내가 그것 때문에 전화한 것을 알고 있다고 해도 말이다.

"그런데 대목장 어른께 장비 구입할 예산이 부족하다는 얘기를 들었습니다."

-아! 그거 말인가?

"예산이 없어서 다음에 사준다고 하셨다는데, 그게 정말입니까?"

-미안하네만 그렇게 되었다네.

그가 바로 말을 이었다.

-하지만 그건 대목장과 다 이야기가 된 부분이라네. 그도 납득을 했고.

'이미 이야기가 끝났다. 어린 내가 왈가왈부할 부분이 아니다'라고 은근슬쩍 선을 긋고 있었다.

'당신은 자신할 만하지.'

늙은 대목장이 저렇게 미안해할 정도로 구워삶았으니 말이다.

그러나 자존심이 상했다.

토사구팽당한 기분이랄까?

나를 일회성으로 사용하고 버리겠다는 의도가 보이니 말

이다.

하지만 당신 좋은 일을 시키려고 내가 사람들을 모으고, 이런 일을 진행한 게 아니라고.

단도직입적으로 말했다.

"총장님. 저는 그 장비를 꼭 사야겠습니다."

-허허. 이 친구야. 그게 말처럼 그리 쉬운 일이 아니야.

"예산 결정을 바꾸는 것 말입니까?"

-그래. 알고 있으니 이야기가 쉽겠군. 예산이라는 건 학교의 일 년을 결정하는 중요한 일이야. 우리 학교에 건축학과만 있는 것은 아니질 않나! 그 결정을 내리기까지 나도 고민이 많았다네.

예상했던 대답이었다.

하지만 어떤 말을 해도, 내게는 핑계로 들릴 뿐이었다.

'총장, 당신의 머릿속에서 얼마나 갈등을 했고, 어떤 결론은 내렸는지는 관심 없어!'

무슨 미사여구를 사용해서 나를 설득한다고 해도, 내 눈에 보이는 것은 명확했다.

아쉽지만 결과를 보면, 모든 것을 알 수 있다.

'읍참마속(泣斬馬謖)'이라는 고사가 있지.

제갈량은 눈물을 흘릴 정도로 마속을 아꼈지만, 그의 목숨이 전쟁의 승리보다는 중요하지 않았다. 그래서 다른 장수들의 군기가 흐트러질까 두려워, 그를 본보기로 참했다.

제갈량의 신뢰를 받으며 승승장구하던 마속이 아니던가!

하지만 어느 날 전략적 실수를 했다.

승패병가지상사(勝敗兵家之常事).

승패는 병가의 항상 있는 일이라 했다.

그가 과연 죽을 거라 생각했을까?

한 번 혼나고 다시 공을 세우면 상쇄된다고 생각했겠지.

그런데 이거 웬걸, 모가지가 달아났다.

그로서는 지극히 재수 없는 날이 아니었을까?

백 번을 잘하다가, 한 번의 실수로 목이 달아난 마속은 무슨 잘못인가?

여기서 주목해야 할 사실은 제갈량이 눈물을 흘릴 정도로 마속을 아꼈다는 게 아니라, 마속이 죽었다는 거다.

제갈량의 목적을 위해서!

'같은 말 아니야?'

각자의 입장이 있겠지.

그의 입장에 내가 들어있지 않다는 게 문제지.

그에게는 별거 아닌 문제가 내게는 목숨을 좌우하는 문제가 된다.

그럼 내 입장에서 그를 경원시하면 된다.

능력이 된다면.

안 되면, 찌그러져 있어야지.

어쨌거나 총장의 판단에는, 내가 학교보다는 중요하지 않다는 거였다.

 정리가 명료하지 않은가?

 "그래도 저는 장비를 사야겠습니다."

 총장의 목소리 톤이 올라갔다.

 ―어허! 답답한 사람 같으니! 그렇게 되면 자네들도 좋은 소리를 듣지 못해. 이미 예산이 어떻게 짜였는지 아는 사람은 다 안다는 말일세.

 "그렇겠죠. 학과장이나 관계자들이 모여서 예산을 기획했을 테니까요."

 ―알면서 그런 소리를 한다는 말인가? 자네 혼자서 따돌림 당하면 학과가 제대로 돌아갈 것 같은가? 서로 상부상조해야지.

 욱하는 마음이 들었지만, 흥분해서 될 일이 아니었다.

 다시 마음을 가라앉혔다.

 "구체적으로 어떤 말들이 오간 겁니까?"

 ―그 장비를 구입하고 지원할 자금으로 학교 홍보를 하기로 했다네.

 "학교 홍보요? 전통학과 홍보요?"

 ―아니. 우리 학교 홍보 말일세.

 "학교 홍보 말입니까?"

 ―그래. 자네가 만든 결과는 꽤나 고무적이었다고 인정하네.

 "그렇습니다."

뻔뻔스럽게 들릴지 몰라도, 내게는, 우리에게는 그 말을 할 자격이 충분했다.
 너무 당연하게 인정하는 것이 마음에 들지 않았던 모양이다.
 '"너 혼자 했냐?'라는 말을 하고 싶겠지.'
 총장이 어색하게 헛기침을 하며 말했다.
 ─큼. 하지만 혼자 살 수는 없는 것 아니겠나.
 가만히 듣고 있었다.
 ─그렇다면 자네의 그 기세를 이어받아서, 대학의 홍보를 더 해야 하지 않겠나? '물 들어올 때 노 저어라'라는 말도 있잖나!
 "그럼 홍보비 때문에 지원을 못 하겠다는 말이군요."
 ─못 하는 게 아니라, 어렵다는 거지. 학교의 사정도 좀 이해를 해주게.
 "그래서 이득을 보는 건 누군데요?"
 ─누구긴 누구야! 우리 학교 전체지. 우리는 종합대학이야. 공과대가 아니라고.
 총장이 내 요구를 받아들이지 않았다.
 그렇다면 이제 내가 제안을 할 차례였다.
 그에게 말했다.
 "그럼 총장님. 이렇게 하시죠."
 그가 거부하기 어려운 한 수를 던지년 볼 터!

거기서도 거부를 한다면, 하지 말자는 거지.

'흥! 아쉬운 건 내가 아니라고.'

―어떻게 하자는 말인가? 말해 보게.

목소리가 한 톤 가라앉은 것으로 보아 자신의 설득이 어느 정도 먹힌 거라고 생각했던 모양이다.

'네까짓 게 어쩔 거냐?'라는 마음도 있었으리라.

"팔겠습니다."

―뭘 말인가?

"모형 말입니다."

―그러도록 하게나. 자네의 공이 가장 크니, 자네가 결정하는 게 좋지.

그는 흔쾌히 승낙했다.

내 의도는 알지 못했지만.

"하지만 학교의 몫은 따로 지급하지 않겠습니다. 또한 판매금의 사용처는 제가 지정하겠습니다."

―그게 무슨 말인가? 학교에는 한 푼도 주지 않고, 혼자서 다 차지하겠다는 말인가?

압둘이 애초에 계산한 대로, 직접 일을 한 사람들에게 각각 지급할 생각이었다.

물론 알리는 좀 더 높은 금액을 제시할 것으로 보였으니, 둘 다 의견을 타진해 봐야겠지만.

총장이 버럭 고함을 질렀다.

-그게 어디 자네 혼자서 한 일인가? 200만 불을 다 가지겠다니! 사람이 왜 그렇게 욕심이 많아!

　돈에 엮이니, 목소리가 올라간다.

　나라고 할 말이 없으랴!

　"함께 작업한 사람들에게 공평하게 분배할 겁니다."

　-그럼 학교는? 학교는 한 일이 없어 보이나?

　"학교 홍보비 때문에 장비를 사줄 수 없다고 하셨죠?"

　-그런데?

　"왕자들에게 팔 겁니다. 그것도 신문에 빵빵 때려가면서요."

　그는 잠시 말이 없었다.

　머릿속으로 계산을 하고 있는 거겠지.

　-음…….

　"외국 신문이나 매스컴에도 실리겠죠."

　스티브와 약간 말을 맞추면, 이런 각본을 짜는 건 일도 아닐 것이다.

　'그에게 약간의 혜택을 주면 되겠지.'

　아직도 머리를 굴리는 모양이었다.

　수화기 건너편에서는 작은 신음 소리만 들렸다.

　-음…….

　"어설프게 돈을 쓰는 것보다 더 확실한 홍보가 될 겁니다. 그리고……."

―그리고?

"우리 작품의 사용처 또한 이미 정해 뒀습니다."

―팔면 그 사람들 건데 어떻게······.

'그건 당신이 나와 그들의 깊은 관계를 모른다는 반증이죠.'

그의 정보력은 넓기는 했지만, 깊이는 내 생각보다 얕았다.

"내 의도와 맞지 않으면 팔지 않는다고 엄포를 놨죠. 그런데도 계속 콜이 들어오고 있습니다."

사용처는 어찌 되어도 좋으니, 물건을 탐내고 있다는 말이었다.

그에게 말을 이었다.

"그 정도면 충분히 지속적인 홍보가 될 겁니다."

이로써 총장과 대학이 무엇을 얻을 수 있는지 명확히 전달이 되었으리라.

신문 기사와 매스컴에서의 보도, 그리고 알리나 압둘이라는 이름값이 고작 몇십억의 돈과 비교할 가치가 있을까?

잠시 후 총장이 말했다.

―무슨 말인지 알았네.

"이번 해는 어쩔 수 없다 이해하고 넘어가겠습니다."

―이번 해? 하고 싶은 말이 뭔가?

'이런 특전을 한 번으로 퉁 치려고 했습니까?'

나라면 이 기회를 사골처럼 두고두고 우려먹을 거라고! 그럼 당연히 나도 그 기간만큼 혜택을 누려야지.

"다음 해부터는 전통학과 예산을 최우선적으로 배정해 주십시오."

-이제 막 신설한 학과야! 결과를 보고, 투자를 더 할 것인지를 결정하는 것이 맞지 않겠나? 그런데 무조건적으로 우선 배정하라니, 그게 말이 되는가?

"안 된다는 말씀이십니까?"

-당연하지.

"그렇다면……."

-그렇다면 뭐!

"팔지 않겠습니다."

-자네, 지금 나랑 장난치자는 건가?

"장난 아닙니다."

이미 내 목소리는 차갑게 식어 있었지만, 그는 흥분으로 인해 내 기분을 알아채지 못했다.

-듣자 하니, 너무 안하무인이군. 자네의 의견을 존중하려고 했네만 이건 너무 하지 않은가? 판매에 있어서 자네가 많은 부분을 차지하는 건 인정하네만, 그렇다고 자네 의견이 절대적이지는 않아!

그는 단정하듯 말을 이었다.

-나라고 팔 곳이 없는 줄 아는가? 다 자네 입장을 고려해서 자네에게 양보했던 걸세.

인맥이 좋으니, 여러 곳에 구매 의사를 타진할 수는 있겠지.

'하지만 과연 그들이 사줄까?'

그의 말에 피식 웃음이 나왔다.

"파실 수 있다면 팔아 보십시오."

-왜? 내가 못 할 것 같아서 그런가?

그는 상황을 잘못 읽고 있었다.

압둘과 알리가 탐내는 물건이라고 해서, 모두가 그것을 가질 수 있는 것으로 말이다.

그들이 정한 것은 가치뿐이다.

적어도 200만 불이라고.

그리고 가장 중요한 것!

탐내는 것과 소유하는 것은 엄연히 다르다.

'욕망이 모두 현실화될 수는 없지.'

그에게 물었다.

"어디다 파실 겁니까?"

-자네도 세계에 퍼져 있는 내 인맥을 알 텐데.

'풋!'

당연히 웃음이 나오지 않겠나?

어중간한 거부 백 명보다 압둘 하나가 압도적으로 세다.

"알겠습니다. 누군지 모르지만, 미리 명복을 빌어두죠."

-응? 명복?

"그 물건을 탐내는 사람이 왕자들이라고요. 돈에 관해서는 둘째가라면 서러운 사람들이죠. 그들이 원하는 물건을 가로채는 게 되는데, 그 둘이 가만히 있을까요?"

세계 부자를 꼽을 때, 100위권에 항상 이름을 올리는 두 사람!

또한 그들은 사우디와 쿠웨이트의 차기 국왕을 거론할 때, 가장 먼저 거론되는 둘이었다.

그런 호승심 강한 왕자들이 가만히 내버려 둘까? 체면이 상해서라도 작살 내지 않을까?

"압둘과 알리, 둘이 경쟁을 해서 누군가가 가져가는 건 문제가 없어요."

둘의 재력이 비슷한 데다, 또한 서로가 선의의 경쟁자로 여기기 때문이다.

말없는 총장에게 물었다.

"하지만 다른 사람이 사간다면 어떻게 될까요?"

-…….

"훗. 두 왕자를 몰라도 너무 모르시네요. 정 그러면 제가 미리 말해 둘게요. 당신들이 가지지 못해도 섭섭해하지 말라고요."

'거기다가 몇 마디 더해야지.'

내 뜻이 아니다. 학교에서 그렇게 한 거다.

포기를 모르는 총장이 대안을 꺼내 들었다.

-압둘이나 알리 왕자에게 파는 수도 있…….

총장의 말을 잘랐다.

"그들은 제가 파는 게 아니면 안 살 겁니다. 그건 제가 확신합니다."

'그 둘이 누구 손을 들어줄 건지 정도는 계산을 하고 말씀하셔야죠.'

-끄응…….

총장의 입에서 기어코 신음성이 터져 나왔다.

내 말에 약간의 모순이 있다는 건 안다.

왕자들이 장난치냐고 하겠지.

판다고 했다가. 사지 말라고 했다가!

그 부분을 총장이 걸고넘어졌다.

-그래도 일국의 왕자들인데, 너무 장난이 너무 심한 거 아닌가?

"물론 짜증은 내겠지만, 금방 풀릴 겁니다."

-…….

왜 확신하느냐고?

그의 소리 없는 질문에 이렇게 답했다.

"친구거든요."

알리야 아크람 때문에 화를 못 낸다고 해도, 압둘은 짜증을 부리겠지.

'알게 뭐야. 짜증 내는 인간한테는 안 팔아.'

그리고 그들은 왜 내가 변덕을 부리는지 금방 알아챌 것이다.

뭔가에 열 받았다는 것!

여기서 내 요구를 들어주지 않으면, 관계가 파탄 날 정도의 각오를 해야 한다는 것.

'확실히 인지하겠지. 내가 학교와 갈등 중이라고.'

총장에게 말을 이었다.

"그 둘이 누구의 편을 들어줄지는 알아서 판단하십시오."

과연 박람회 건에 대해서 총장이 할 수 있는 게 얼마나 있을까?

'최대한 조사는 해보겠지.'

그러나 실행 가능한 방법은 아주 드물다.

총장이 선택할 수 있는 경우의 수는 팔지 않는 것, 그것뿐이었다.

'하지만 그게 최악의 수라는 거지.'

과연 그가 막대한 홍보 효과를 포기할까?

총장의 머릿속에 이제 200만 불이 남아 있기나 할까?

"아! 물론 팔지는 않고, '아랍 왕자들이 탐을 낼 정도로 뛰어난 작품을 우리 학교 학생들이 만들었다.' 이렇게 홍보하실 수도 있습니다."

이런 기사를 낼 수는 있겠지.

"하지만 믿어줄까요? 누가요?"

"미쳤다는 소리 들을걸요? 수억 불짜리 보잉기를 쇼핑하듯 사는 사람들입니다. 그런데 고작 200만 불짜리를……."

맘에 드는 데 사지 않을 인간들이 아니다.
루머처럼 떠돌다가 소리 없이 사라질 것이다.
안티 기자를 만나면, 두고두고 까일 게 뻔하고.
총장이 물었다.
-지금까지 나는 최대한 자네 편의를 봐줬다네. 그런데 이렇게 학교와 척을 져서 자네가 얻는 게 뭔가?
그와 똑같은 대답을 해줬다.
"학교가 저와 척을 져도 얻는 건 드물 겁니다."
승부를 걸어왔는데, 예의를 차릴 것인가?
죽이고자 덤비면, 똑같이 대응해 주는 것이 예의이고, 버림받기 전에 버리는 게 이득 아니던가?
-자넨 자네가 만든 전통학과를 이대로 와해시킬 작정인가?
"와해라뇨?"
-학교에서 그 기반을 이루었는데, 그걸 어디로 옮긴다는 말인가? 돈이 얼마나 들어간 건지는 아는가? 이렇게 투자를 해줄 만한 곳이 또 있는가?
"총장님. 뭔가 착각하시는 것이 있는 것 같습니다."
-무슨 착각?
"전통학과에서 중요한 것은 장비나 교사동, 그리고 투자금이 아닙니다."
-…….

"사람입니다. 대목장 휘하의 장인들입니다."

-…….

거기에 더 나아가, 또 하나의 착각은 전통학과가 내 약점이 될 거라는 계산일 것이다.

내 목적은 학과를 만드는 것이 아니라, 전통장인들을 써먹는 것이었다.

그리고 이미 나는 총장과 대목장의 인맥을 통해서, 구하고자 하는 사람을 모두 구했다.

지금 내가 학교에 아쉬울 게 있을까?

"총장님."

침묵하는 총장에게 말을 이었다.

"제가 학교에 전통학과를 만든 이유는 단 하나입니다. 인재의 수급이 쉽다는 거죠."

-음. 그랬었군.

"제대로 투자금을 회수하고 싶으시다면, 투자를 확실하게 해주십시오."

"맘에 안 든다고 제가 다른 곳으로 옮기면, 그때 가서 후회하지 마시구요."

옮긴다는 말에 기분이 상해서였을까?

그의 볼멘소리로 말했다.

-그건 너무 경솔한 생각이 아닐까? 생각처럼 그리 쉽지는 않을 텐데.

나를 염려하는 듯하지만, 여기 아니면 갈 곳이 어디 있느냐는 우회적인 말이었다.

'흥. 저를 대책도 없이 말하는 사람으로 생각하셨다면, 너무 띄엄띄엄 보신 겁니다.'

냉소를 띄우며 말했다.

"여기 울산 시장님 와 계신데, 받아주실 의향이 있는지 여쭤볼까요?"

—응? 시장이 거기를 갔다고?

"네. 아까 오셨는데, 모르셨던 모양입니다."

'시장은 처음 대목장이 올 때부터 탐을 냈었지.'

오죽하면 대목장을 컨택할 때부터, 경주까지 따라와서는 설레발을 쳤었다.

총장이 가장 경계했던 인물도 시장이었고.

'시장이 내 부탁을 안 들어줄까?'

—거 참. 그 양반……. 빨빨거리며 돌아다니기는…….

총장이 이마를 훔치는 모습이 머리에 선했다.

하지만 아직 내가 바라는 투자 약속은 나오지 않았다.

'아직 여유가 있으시다, 그거지?'

총장에게 들으라는 듯 큰 소리로 말했다.

"마침 저기 가시네요. 시장님!"

대목장이 내 시선을 좇아 주변을 두리번거렸다.

시장을 찾으려는 모양이었다.

아무리 둘러봐도 없자, 내게 물었다.
"성훈아. 시장이······."
시장이 있을 리가 있나?
지금쯤 아랍 왕자들 만나느라 정신이 없을 텐데.
그냥 나 혼자 원맨쇼 하는 거였다.
눈치 없는 최 옹만 휘둘렸을 뿐이고.
'쉿!'
조용히 손가락을 입술에 대며 그의 말을 막았다.
"아직 생각이 정리되지 않으신 모양이네요. 그럼 먼저 시장님과 면담해 보는 수밖에요. 다시 연락을 드리겠습니다."
-잠깐! 잠깐만 성훈 군. 아직 내 말이 안 끝나지 않았나! 끊지 말게.
'참! 꼭 이렇게 다그치지 않으면 안 된다니까, 능구렁이 같은 양반!'
총장 같은 능구렁이를 상대할 때는 생각할 틈을 줘서는 안 된다.
약간의 시간만 있어도, 빠져나갈 구멍을 찾아 버리니 말이다.
그러고도 그는 시간을 끌었다.
3초가 지났다.
"아! 시장님. 안녕하세요. 네. 아직 통화 중이라서. 네. 곧 끝납니다."

있지도 않은 시장에게 인사를 했다.
그제야 눈치를 챈 최 옹이 썩은 미소를 지었다.
"다름이 아니라, 여기 대목장께서 만든 전통······."
총장이 고함을 질렀다.
-해주겠네! 원하는 건 모두 해주지! 투자! 해준다니까. 당장 올해부터 해주지.
"정말요?"
되묻는 내 말에 총장이 급히 소리를 낮췄다.
혹시라도 시장이 들을까 싶어, 전전긍긍하는 모습이었다.
-그러니까 시장하고는 한 마디도 하지 말게. 부탁일세. 성훈 군.

'당신에게는 내가 말 잘 듣는 양으로 보였겠지.'
지금까지 그래 왔고, 이 일도 별 탈 없이 마무리 지을 수 있으리라 생각했을 것이다.
총장의 입장에서 억울하지 않을까?
'당연하겠지. 다 된 밥에 재를 뿌렸으니까.'
잘 드는 칼을 구했는데 실수로, 정말 실수로 손을 벤 기분이리라.
주인을 찌른 칼에 배신감도 느낄 테고.
하지만 그건 총장의 착각이었다.
'당신의 실수는 저를 정확히 몰랐다는 겁니다.'

내가 총장의 칼이 될지, 그가 내 칼이 될지는 결과를 봐야 알 수 있으리라.

"왜 그러셨던 겁니까?"
―예산 편성 말이지?
"네! 잘 아시네요."
총장의 말에 불퉁스레 쏘아붙였다.
―일이 꼬인 거야. 내가 의도했던 대로 흘러가지 않더군.
가만히 듣고 있었다.
―총장이라고 해서 모든 것을 좌지우지할 수 있는 건 아니란 걸, 자네라면 알 거라 믿네.
"하실 말씀이 있으시다면, 마저 하십시오."
일단 변명할 기회는 주기로 했다.
―상황이 그렇게 흘러갔다네.
"무슨 상황 말씀이십니까?"
―이번 해에 전통건축학과를 개설하느라 뜻하지 않은 돈을 너무 많이 썼어. 상상도 못 할 비용이 들어갔지. 그에 대해서 학과장들이 나를 심하게 성토하더군. 너무 편중된 투자가 아니냐고 말일세.
적잖게 이해가 가는 부분이었다.
전통건축학과를 위해서 짓고 있는 건물이 6층 건물, 두 동이었다.

"그래서요?"

―자네가 기분 나쁜 건 알지. 내가 그걸 왜 모르겠나? 하지만 중요한 시기 아니었나? 박람회 막바지였고, 우리 학교로서도 중요한 행사였지.

"압니다, 하지만 저에게 통보라도 해줄 수 있었던 것 아닙니까? 꼭 저를 따돌려야 했습니까?"

그가 답답한 듯 한숨을 내쉬었다.

―자네 성격에 안 된다고 하면 가만히 있겠나? 열 일을 제쳐놓고, 득달같이 달려들었겠지. 지금처럼 말일세.

그가 한숨을 내쉬며 속내를 털어놓았다.

―일단 예산을 모두 편성하고 나서, 따로 자금을 만들어서 장비를 구입하겠다고 생각하고 있었네.

'말로는 뭘 못 합니까?'

―하지만 아직 완전히 예산이 정해지지도 않았고, 얼마를 뺄 수 있을지도 모르는데, 덜컥 약속부터 할 수는 없는 거 아닌가? 한두 푼 하는 것도 아니고 말이야. 할부로 사는 것도 생각하고 있었어.

하지만 열이 받은 상황인데, 더 열이 받았다.

구차하니 변명 같잖아.

"그런데 왜 그런 말씀을 이제야 하시는 겁니까?"

―말하려고 했지? 그런데 전화를 하자마자 득달같이 덤비는데, 나라고 기분이 좋겠나?

지금 상황을 모면하려는 건지, 진심인지는 확인할 수 없었지만, 일단 총장은 나를 달래는 데 최선을 다하고 있었다.

-이번에는 내가 잘못했네. 앞으로 전통학과 관련된 일은 무조건 자네에게 결과를 알려 주겠네. 최우선에 놓는 건 물론이고.

"좋은 결과든 나쁜 결과이든 상관없이요."

-그러기로 약속했네.

"최우선이라…… 장담하실 수 있으세요?"

-그럼!

그가 호언장담을 했다.

"처음에는 안 된다고 하셨잖아요. 자꾸 말이 바뀌시는데요?"

-당연한 거지. 아까와는 상황이 다르질 않나?

"뭐가 다른데요?"

-자네가 홍보비 이야기했지? 그 홍보를 자네가 대신해 줬으니, 나는 명분이 생긴 거지. 그 홍보비 대신에 전통학과를 지원하겠다고 말이야.

그가 재차 말을 이었다.

-내친김에 이것도 약속하지. 그 홍보비 몽땅 전통학과와 건축학과에 지원하겠네.

그가 무조건적 양보를 선언함으로써, 협상은 종료되었다.

"알겠습니다. 그런데 누가 그렇게 반대했어요?"

―엉? 반대라니?

"어느 학과에서 그렇게 성토했느냐고요."

총장이 화들짝 놀라며 말했다.

―왜! 또 뒤집어엎으려고? 그것만은 내 얼굴을 봐서 참아주게. 자네 능력 있는 거 다 알아.

"흥, 알기는 뭘 알아요? 그 사람들이!"

―어떻게 모를 수가 있어! 매스컴에 그렇게 얼굴을 알렸는데.

"또 그러지 않을까요?"

―아니야, 전혀 걱정하지 않아도 되네. 내가 책임지고 막겠네.

그가 다급하게 말을 이었다.

―성훈 군, 열 손가락 깨물어 안 아픈 손가락이 있겠나? 자네가 너그러이 참아주게.

다른 과의 학과장들도 총장의 휘하이기에, 상처받게 하지 않으려고 전전긍긍하고 있었다.

"이번만 넘어갈게요. 앞으로는 그런 일이 없어야 할 겁니다."

―알겠네. 이번만 모른 척 참고 넘어가 주게. 절대 그런 일 없을 걸세.

"그런데 아까는 왜 그러셨던 거예요?"

―뭐가 말인가?

"이렇게 결론 날 일을 왜 그렇게 역정을 내셨냐고요."

―이번에 예산 때문에도 골머리가 아팠지만, 자네 박람회 건 때문에도 노심초사했다네. 자네가 알면 이렇게 될 것 같아서 말이야. 그럼 박람회가 제대로 마무리되겠어? 그리고 자네가 괘씸한 것도 있었고, 내가 자네를 얼마나 아꼈는지, 자네도 알 것 아닌가? 그걸 알면서도 내게 그런다는 게 화가 나더군. 보골(*허파의 경상도 방언이지만, 주로 '바싹 약이 올랐을 때'의 감정을 표현하는 말)이 나나, 안 나나!

총장이 말을 이었다.

―괜히 무리한 부탁을 했나? 하는 생각도 들었고 말이야.

"박람회에 참가시키신 거요?"

―그래, 그거 말이야. 자네 요즘에 밤잠도 못 자고 작업하지 않았나?

그는 내가 자신의 부탁 때문에 그것을 하는 걸로 생각하고 있었다.

"그것 때문이라면, 마음 안 쓰셔도 돼요."

―왜 말인가?

"원래 했어야 했던 거니까요."

―박람회를?

"네, 꼭 총장님께서 말씀 안 하셨더라도 했을 거예요."

―호오.

믿지 못하는 말투였다.

하지만 오해가 풀렸기에, 대화는 부드럽게 넘어가고 있었다.

"이런 일을 계획하기 위해서, 대목장 어르신을 모시고 왔던 거니까요."

−진짜인가? 그 말이?

그럴 계획이 아니었으면, 내가 뭐 하러 그 먼 데까지 가서 대목장을 데려왔겠는가?

−흠, 나는 내가 계획한 거라 생각했는데, 그게 아니었단 말이군.

"현재건설에 들어가려는 것도, 그 계획의 연장선입니다."

−아참! 현재그룹 회장님이 왔다 가셨다면서 어찌 되었나? 정신이 없어서 물어보지도 못했군그래.

"현재에서 와 달라고 부탁하네요. 여기 박람회 식구들까지 몽땅 말이죠."

심드렁하게 던진 말이었지만, 총장은 화들짝 놀란 반응이었다.

−엉?

총장은 잠시 무슨 말인지 못 알아먹은 모양이었다. 잠시 호흡을 가다듬더니, 조심스럽게 물었다.

−그럼…….

"팀원들 전원 현재건설에서 특채로 받아들이겠다는데, 받아줄까 생각 중입니다."

-생각 중입니다? 크하하하. 이 콧대 높은 친구야! 생각해 볼 게 뭐 있어. 당장 수락하란 말이야!

내게서 특채 소식을 전해 들은 총장이 박장대소를 했다.

'또 이걸 홍보 자료로 써먹을 생각을 했겠지.'

대박 아닌가?

대기업에 취직을 하려고 대학을 가는데, 우리 대학에는 현재건설로 들어가는 등용문이 있다!

다음 해에도 그러하다는 보장은 없지만, 일단은 사실이었으니까.

그걸 총장은 최대한 아름답게 포장하겠지.

거기에 혹하지 않는 사람이 얼마나 될까?

입사 시험을 거쳐서 면접까지.

그것뿐인가? 토익에, 자격증.

IMF 시대를 살아가는 젊은이에게 취업을 위해 갖춰야 할 스펙은 끝없이 많았다.

어중간한 기업도 아니고, 국내 최고의 기업에 직방으로 통하는 관문이 보이는 거지.

게다가 경로도 심플해 보인다.

높은 학점을 따고, 박람회의 50인에 들어가서 좋은 성적을 거두지만 하면, 현재의 면접자들과 밀당할 필요도 없이 특채로 선발이 된다.

기민한 총장이 내놓을 법한 시나리오 아닌가?

웃음을 멈춘 총장이 물었다.
-이 이야기를 먼저 하지 그랬나? 그랬다면…….
그는 자신이 말하고도 뜨끔했던지, 끝을 얼버무렸다.
상황에 따라서 행동이 천변만화하는 것은 유연하다고 말할 수도 있겠지만, 높은 자리에 있는 사람에게는 어울리지 않는 행동이었다.
너무 우유부단함과 직결되는 모습이니까.
속내가 뻔히 보이는 그의 말에 피식 웃었다.
마음을 감추며 그럴듯한 대답을 했다.
"아까는 생각이 안 났어요. 흥분했었거든요."
-흠흠. 그럴 수도 있지. 나도 자네가 젊다는 걸 깜빡했네.
"전통학과는 황금알을 낳는 거위가 될 겁니다."
-그렇겠지, 자네가 있으니 두말할 필요 없겠지.
"두루뭉술하게 잘될 것이다. 그렇게 예측하는 것도 아닙니다."
이번에 확실하게 인식을 시켜야 했다.
거위는 이슈를 만들기 위해 일회용으로 쓰고 버릴 것이 아니라, 두고두고 잘 키워야 한다는 것을 말이다.
'가치를 정확히 알아야, 두고두고 실드를 쳐줄 것 아냐!'
진지한 내 말에 그제야 그는 관심을 가졌다.
은근한 말투로 내게 물었다.
-이미…… 구체적인 안이 짜여 있는 것인가?

"박람회는 겨우 시작일 뿐입니다."

분명히 그는 내 말을 들으면서 눈매를 좁히고 있으리라.

'요놈이 무슨 생각을 하기에 이렇게 말을 끄는 걸까?' 하면서 말이다.

총장 덕분에 엉겁결에 시작했고, 총장의 도움을 많이 받은 것도 사실이었다.

'그가 없었다면, 내가 무슨 수로 각 과의 인재들을 모을 수 있었겠어!'

다만 그걸 내세우며 나를 구속하려는 게 싫었던 거지.

총장이 책상을 톡톡 두드리던 소리가 멎었다.

-이게 끝이 아니라 시작이라는 거지? 훗!

비웃음이 아닌, 경쾌한 콧소리였다.

"네, 이제 겨우 첫걸음을 뗀 거죠."

-내가 자네를 너무 어리게만 보고 있었군.

"총장님께서 처음에 운을 떼신 거니까, 그 결말도 총장님 스타일대로 예상하셨던 거겠죠."

-그것도 인정하지.

"도움을 주신 부분에 대해서는 저도 감사하고 있습니다."

-이제와 생각하니, 새삼 얼굴이 붉어지는군. 자네가 이렇게 계획이 서 있는 줄도 모르고, 나 때문에 시작을 했다고 생각하고 있었으니.

"어쨌거나 총장님 때문에 시작을 한 것은 사실이죠. 제가 시작했다면 시간이 좀 더 걸리고, 번거로웠을 거예요. 하지만 애초에 이런 결과를 만들기 위해서 대목장 어르신을 모셔 온 거거든요."

-크크크, 대목장을 데리고 올 때부터 이미 계획되었던 일이라…… 할 말이 없게 만드는군.

"총장님 덕분에 수월하게 한 건 사실입니다."

총장이 작은 한숨을 동반하며 물었다.

-그럼 들려줄 수 있겠나? 최초의 기획자께서는 어떤 계획을 가지고 계셨는지?

비꼬는 음성이 아니라, 진심에서 우러나오는 인정이었다.

"전화로 할 이야기가 아닙니다. 만나 뵙고 직접 말씀드리겠습니다."

-그래주겠나?

"박람회가 끝나는 대로 바로 찾아뵙겠습니다."

총장이 물었다.

-참! 다른 친구들은 어찌하겠다고 하던가? 건설 쪽하고는 연관이 없는 친구들도 꽤 있을 텐데?

50명이 모였으니 의견들이 갈리리라 생각했던 것 같다.

그의 말처럼 화공학과나 기계공학과가 건설 쪽과 무슨 연관이 있으랴?

그들이라면 현재건설에 가는 것보다, 다른 계열사의 가산점을 받는 것이 더 낫지 않겠느냐는 염려에서 나오는 물음이었다.
"제가 하는 대로 따르기로 했습니다. 현재건설에 가든, 아니면 다른 곳으로 가든."
-호오, 무조건 따라가겠다! 그 말인가?
"네, 맞습니다."
-그래? 진로가 걸린 문제이니만치, 의견이 충돌할 줄 알았는데 의외구만.
"절 믿어줘서 고마울 뿐이죠."
총장의 입꼬리가 올라가는 게 느껴졌다.
-훗! 김성훈 사단이군! 짧은 시간 동안 잘도 휘어잡았어.
"하다 보니 따라오더라고요."
-크크크, 참! 말이 쉽지. 대단하이.
총장이 웃으며 말을 이었다.
-그럼 현재건설에 가서도 그 팀의 팀장 노릇을 계속하는 건가?
"회사의 사정이 있겠죠."
-하지만 내 생각은 다른데?
"어떤 생각을 하시는데요?"
-자네가 현재건설에서 부른다고 넙죽 갈 사람은 아니지 않나?
그야 그렇다. 기회라면 이미 여러 번 있었으니까.
그 사실을 누구보다 잘 아는 총장이었다.

변화 59

─그런데 이번에는 가겠다고 한다는 말이지. 그것도 휘하에 50명이나 데리고 말이지. 냄새가 나. 그것도 아주 대단한 꿍꿍이가 있는 것 같단 말이야.

'당연하죠. 데려가서 각개격파될 거면 뭐하러 같이 갑니까?'

총장이 내 속을 짐작한다는 듯 말을 이었다.

─이것도 자네 계획의 일환인가?

피장파장이란 이런 걸 말하는 걸까?

말하지 않아도 대충 짐작을 하니, 대화가 편하다.

'너무 깊이 파고들 때가 있어서 곤란하지.'

나이가 많아서 저 자리에 앉은 게 아닌 것은 분명한 사실이었다.

"네, 중간 과정이죠. 장인들을 만들면 뭐하나요? 써먹을 곳이 있어야죠. 돈 주면서 써 주는 곳이 있다면 금상첨화 아닐까요?"

─그게 현재건설이다?

"현재건설도 돈이 될 만하니까, 통째로 데려간다는 거겠죠. 아무 생각 없이 그런 제안을 하지는 않았을 겁니다."

─만약 자네 생각과 다르면 어떻게 할 텐가?

"설득해야죠."

─설득?

"네, 제가 늘 그래왔던 것처럼요."

―지금 나한테 한 것처럼 말인가?

장난처럼 물어보는 것은 보니, 억울한 심정은 많이 날아간 모양이었다.

응당 그래야지!

'당신에게 도움 되는 거라고, 내가 얼마나 얼래고 달랬는데.'

"네, 총장님도 제게 설득당하셨죠."

―크하하, 그렇지. 설득이지. 과정이야 어찌 되었든, 설명해서 납득시켰으니, 설득인 게지.

중요한 것은 총장이 내가 현재건설로 진출하는 유일한 창구라는 것을 인지했다는 것이다.

아무리 전통건축학과를 키우면 뭐하나?

키운 인재를 실전에 배치할 수 없다면, 말짱 꽝이지!

나는 전통학과의 인재들을 현재건설로 끌어들일 의향이 있고, 그럴 능력도 있었다.

이미 증명했잖나!

양 이사랑 곽 이사를 불러서.

―들어 보니 아귀가 딱딱 맞아. 하루 이틀에 나올 계획이 아니군.

"총장님을 상대로 딜을 거는 겁니다. 섣부르게 할 수는 없죠."

어설픈 계획이라면, 바로 바닥을 보이게 된다.

─자네 말을 요약하자면, 인재들을 잘 키워서 현재건설로 보내달라는 거군.

"제가 있는 한은 계속 수급이 가능할 겁니다. 물론 실력을 전제로 깔고 하는 말입니다."

총장이 앓는 소리를 했다.

─좀 봐달라고. 성훈 군, 자네 기준에 맞추면 현재에 보내기도 전에 피 말라 죽을 거야.

"완벽을 바라지는 않습니다. 써먹을 만하면 됩니다."

총장이 내 말에 코웃음 쳤다.

─훗, 어지간히도 그러겠군. 그런 일 안 생기도록, 가끔씩 와서 관리도 좀 해주고 그래 주게. 자네 스타일을 알아야 준비도 하고 그럴 거 아닌가? 그런 거 잘하잖아! 하하.

그의 농담에 농담으로 응수했다.

"언제까지 제가 학교 뒤치다꺼리를 해야 하는 겁니까?"

─엇! 그러고 보니 자네가 현재건설 면접관이 되는 건가? 이거, 성훈 군에게 잘 보여야겠군.

"잘 보일 것까지야……."

─자네 의견에 따라서 전통학과의 현재건설 입사 인원이 정해질 것 아닌가?

"제 의견이 중요하겠습니까? 인원은 필요 유무가 정하는 거죠."

이렇게 너스레를 떨었지만, 과연 총장에게 씨알이나 먹힐까?

-훗, 자네가 일거리를 만들려고 하면, 얼마나 무한정 만들어 내는지 아는데, 이번 말은 별로 신뢰가 가지 않아.

"지금 들어가 봤자 인턴이나 신입일 텐데, 아직도 그 계획을 실행하려면 멀었다고요."

-훗! 인턴은 인턴이지. 회사 중역들을 오라 가라 하는 슈퍼 인턴!

통화를 마무리하면서 총장이 말했다.

-이번 일은 내가 너무 생각이 짧았네. 잊어주게나. 앞으로 절대로 이번 같은 일은 없을 걸세. 내가 총장으로 있는 이상 말이네.

정말 듣고 싶은 말이었다.

그 말을 듣고서야 속으로 안도의 한숨을 쉬었다.

이제 총장은 더 이상 나와 대립하려 하지 않을 것이다.

'속마음이야 알 수 없겠냐만, 적어도 이런 행동을 취하지는 않겠지.'

통화를 마치자 최 옹이 미간을 좁히며 물었다.

"옆에서 들어 보니 총장은 신뢰하기 어려운 사람인가 보구먼. 성훈이, 자네가 찝찝하다면 하지 않아도 되네. 우리야 뭐 지금까지 하던 대로 하면 되는 것이고."

우려하는 대목장에게 은근한 웃음으로 말했다.

"이제 믿을 만해요."

"이제 믿을 만하다니 무슨 말인가?"

그를 신뢰할 수 없다면 그가 나를 신뢰할 수밖에 없게끔 만들어주면 된다.

무능한 사람에게 이런 노력을 하는 것은 시간 낭비에 불과하겠지만 총장처럼 유능한 인물이라면 들인 시간이 아깝지 않았다.

"보리떡에 그을음 좀 묻었다고, 통째로 버릴 수는 없잖아요."

그는 절대로 버리고 싶지 않은 사람이었다.

흠이 있다고 할지언정 내가 결벽증이 아닌 이상 그에게 도덕적 무결함을 바랄 일도 없을 것이다.

내가 보기에도 이건 총장이 궁지에 몰려 저지른 실수라고.

"그런 건가?"

대목장이 동의하듯 고개를 끄덕거렸다.

"뒤집어엎는다고 능사는 아니니까요."

"그건 자네 말이 맞네. 엎기만 해서야 되나 덮을 줄도 알아야 농사가 제대로 되는 법이지."

그리고 국민학교 도덕책에나 나올 말을 이었다.

"그래도 가급적이면 양보할 건 양보하면서 그렇게 서로 상부상조하게나."

깜빡하고 있었다.

'모든 일의 원흉이 대목장이었지!'

그가 의도한 잘못은 아니겠지만, 지금 생각해 보면 예견된 결과였다.

경쟁의 틈바구니가 아니라 고고하게 자기 일만 하면서 살아온 사람이었다.

이런 사람에게 제대로 된 협상을 바란 나의 잘못이기도 했다.

최 옹에게 말했다.

"참, 어르신, 앞으로는 뭔가 막히는 게 있으면 뭐든지 한 교수님이랑 상의하세요."

"엥? 한 교수? 그 사람은 안 돼!"

대뜸 거부하는 대목장이었다.

도리어 내가 황당해서 물었다.

"예? 안 된다고요? 무슨 근거로 그런 말씀을."

"너무 착해서 안 돼. 나한테도 매번 양보하는 사람인데, 총장하고 되겠어?"

순간 어이가 없어서, 멍한 표정을 지었다.

최 옹 정도는 한 트럭을 붙여놔도 찜 쪄 먹을 인간임을 하늘이 알고, 땅이 아는데!

'헛! 한 교수가 최 옹에게 제대로 이미지메이킹한 모양이네.'

전통에 관심 많은 한 교수가 그에게만큼은 입안의 혀처럼 굴었던 모양이다.

한 교수에 대한 칭찬이 물 쏟듯 쏟아져 나왔다.

하지만 한 교수가 어떤 사람인가?

털털하게 보여도 절대로 손해 보지 않는다구.

그의 염려를 귓등으로 흘려보내며 말했다.

"걱정 마시고 맡기세요. 어르신 일이라면 두말없이 양손 걷을 겁니다. 일도 제대로 하시구요."

"알겠네, 그건 그치에게 맡기도록 하고……."

최 옹은 말꼬리를 늘이며 나를 미심쩍게 쳐다보고 있었다.

"왜요? 어르신."

"그런데 왜 특채 소식을 먼저 전하지 않았나? 정말 화가 나서 그랬던 건가?"

최 옹이 눈매를 모으며 말을 이었다.

"내가 보기에는 아닌 것 같던데?"

늙은 생강이 맵다더니, 인생을 완전히 헛산 것은 아닌 모양이었다.

"그걸 먼저 말했다면 총장은 먼저 한발 뒤로 물러났겠죠."

최 옹이 고개를 끄덕였다.

"아무래도 그랬겠지. 얻을 게 더 크니까 말이야. 그가 먼저 양보했을 테니, 아까처럼 언쟁도 없었겠지."

그의 말을 들으며 속으로 한숨을 쉬었다.

'어르신, 충돌을 두려워하면 물러나는 길밖에 없답니다.'

평화도 여러 가지 양상이 있지 않을까?

허리를 굽힘으로써 얻어내는 숨 졸이는 평화와 스스로 전쟁 억지력을 가짐으로써 이뤄내는 평화.

둘 중의 어느 것이 나은지는 말할 필요도 없으리라.

하지만 지난 삶의 나는 전자의 평화주의자였다.

'갑'을 이길 자신이 없었고, '을'은 항상 허리를 굽혀야 한다고 생각했다.

먹고살아야 했으니까.

'자네가 일은 잘했지만 나는 다른 사람의 상황도 생각해 줘야 하기 때문에 자네에게만 특권을 부여할 수 없네. 자네가 이해해 주게.'

지난 삶에서 내 상사들이, 회사의 사장들이 많이 하던 소리였다.

'다 같이 노력해서 얻은 결과이니, 그 성과도 다 같이 나눠야 하지 않겠나?'

개소리다.

다 같이 노력해도, 내가 가장 많이 노력했고, 내가 가장 뛰어난 결과를 얻었으면, 당연히 내가 가장 좋은 파이를 먹어야지.

왜 대충대충 일한 놈들과 똑같이 나눠야 하는가?

그들이 잘 때 나는 졸음을 참으며 일했고, 그들이 쉴 때도 나는 작업에 매진했다.

내 노력이 인정받기를 바라며 노력했다. 인정받기 위해서는 가시적인 성과를 만들어야 하니까.

하지만 나는 그게 내 의무라고 생각했었다.

예진이 분유를 사야 했고, 집의 대출금을 갚아야 했다.

당장 내일이라도 일을 쉬면 빚더미에 앉아야 하는 게, 나만의 문제였을까?

'감히 사장에게, 원청 업체에게 어찌 대들 생각을 했겠나?'

비굴하게 웃으며 가정의 평화를 위해 끝없이 양보하며 살았다.

그게 지난 삶의 나였다.

※

양보?

양보는 강한 사람이 하는 거다.

힘이 없어서 어쩔 수 없이 택하는 양보는 양보가 아니다.

그것은 굴복이고, 굴종이다.

말은 승자도 패자도 모두 양보라고 말할지는 몰라도.

하나 대목장을 이해시키기는 어려우리라.

"네, 어쨌거나 결말은 비슷했을 겁니다. 제 요구가 관철된다는 면에서는."

"그래서 하는 말일세. 굳이 같은 결과라면 싸울 필요가 있었느냐, 그 말이지."

평생을 그렇게 살아왔으니, 대번에 이해를 바라는 것은 어려우리라.

고기도 먹어본 사람이 맛을 안다고 하지 않던가?

"하지만 다음 일을 진행하는 자세는 확연히 다를 겁니다. 두고 보십시오."

"이해가 잘 안 되는군. 그게 그렇게 중요한가?"

"네, 그랬다면 그건 총장이 스스로 양보한 게 됩니다. 스스로 양보했다고 생각하니, 다음에는 제게 양보를 요구하겠죠."

당연한 수순 아닌가?

하지만 나는 그렇게 생각하지 않으니, 양보하지 않을 것이고.

오늘처럼 명확한 선을 그어주는 수밖에 없지.

"이런 종류의 충돌은 시기의 문제였을 뿐, 언제 생겨도 생길 일이었어요."

최 옹이 고개를 끄덕였다.

"하긴 지금 생각해 보니 그렇기는 했네."

"더 중요한 건, 이렇게라도 경고해 두지 않으면 다시 이런 일이 반복될 거라는 겁니다."

적절히 눈치를 보다가, 상황이 유리해지면 또다시 이런 일을 획책할지 알 수 없었다.

어쩌면 오늘의 실수를 밑거름 삼아 다음에는 더 면밀한 계획을 짤지도 모르지.

'이빨을 드러내지 않았으면 몰라도, 드러낸 이상은 한 방 먹여야죠.'

늑대에게 어설프게 우위를 보여서는, 다음 기회를 노릴 용기를 줄 뿐이다.

그리고 응징에도 시기가 있는 법!

또한 기선 제압은 단 한 번에 이뤄져야 한다.

'마침 좋은 기회였지.'

현재그룹이 내 손을 들어주는 상황에서 총장이 실수를 했다.

그가 패배를 선언하기도 전에, 내 손에 든 패를 먼저 보여 줄 이유가 어디 있을까?

상대의 블러핑에 놀라는 척만 하면 된다.

손안의 조커를 들키지 않은 채.

'나와의 수 싸움에서 패배를 인정하게 하고 싶었거든요. 다시는 싸움 걸 마음이 안 생기도록.'

하지만 내 이런 생각을 대목장에게 모두 말할 수는 없었다.

그는 나보다 나이가 훨씬 많았지만 이런 부분에 취약했다.

또한 이익보다는 정에 기대고, 실리보다는 양심을 더 따졌다.

그가 고개를 절레절레 흔들었다.

"흠, 그런 건가? 나는 잘 모르겠군."

"이제 앞으로 총장은 제 뒤통수를 칠 때, 다시 한 번 생각하게 될 겁니다. 내가 모르는 수가 있지 않을까? 하구요."

"허허허, 그럴 수밖에 없겠지."

내 경험상, 한 번 데인 사람들은 대부분의 경우에 선을 넘지 않는다.

상대의 수를 확실히 모르는 입장에서는 자라 등껍질이나 솥뚜껑이나 거기서 거기다.

어두컴컴하니 흐릿한데, 겁 없이 손가락을 넣을 강심장은 없다. 이미 한 번 물려본 사람이라면 더더욱!

얻는 것보다 잃을 게 훨씬 많다는 걸 경험한 총장이라면 모험보다는 안전을 택하지 않을까?

"어쨌든 총장이 절 진정한 파트너로 봤다면 이렇게 행동하지 않았을 겁니다. 인정은 했겠지만, 지금까지는 애송이로 봤던 거죠."

대목장이 내 어깨를 두드리며 격려했다.

"자네도 시원하게 한 방 먹였으니, 이제 잊어버리게. 자네 말마따나 그 사람도 자기 욕심만 챙기려고 한 건 아닐 걸세. 그 자리가 좀 고민이 많은 자리겠나."

나를 달래는 말에 말없이 미소를 지었다.

'그렇죠, 그저 제 욕심만 차리거나, 나를 삼킬 생각만 하고 있었다면, 대번 모가지를 쳐냈을 겁니다.'

대목장 앞에서 할 이야기는 아니었으니, 속으로 삼킬 수밖에.

총장이라고 모든 일을 제멋대로 할 수 있을까?

참모들 의견도 듣고, 학과의 다툼도 미리 방지해야겠지.

어쩌면 전통학과를 대놓고 지원해줄 명분을 기다렸던 건지도 모른다.

그러나 어디까지나 추측일 뿐이다.

"하지만 이제는 저에 대한 평가를 달리할 겁니다. 적어도 함부로 할 수 없는 녀석 정도는 되겠죠."

상대를 마음대로 할 수 있다고 생각하는 순간, 파트너 관계는 깨어진다.

겉으로야 어떨지 몰라도, 속으로는 하수인 정도로 생각하게 되지.

'지금 총장은 나를 어떻게 평가하고 있을까?'

87장
포석

"아까는 나도 당황했다네."
"뭐가요?"
"시장 얘기 한 것 말일세."
말을 하다가 다시 상황이 떠올랐던지, 대목장은 배를 움켜쥐고 박장대소를 했다.
"크하하하. 죽은 공명이 산 중달을 놀래킨 거나 다름없지 않나?"
있지도 않은 시장으로 총장을 제압한 걸 칭찬하고 있었다.
그를 보며 피식 웃음 지었다.
'제일 먼저 당한 사람은 최 옹이시라고요.'
자기도 놀라서 사방을 두리번거리던 건 생각도 안 나는 모양이었다.
 호랑이도 제 말 하면 온다고 했던가?
 시장이 우리를 보고 다가오고 있었다.
 마침 나를 찾고 있었던 걸까?
 두리번거리다가 나를 보고 방향을 바꾸었다.
 그에게 인사했다.
 "안녕하세요, 시장님."
 이 말에 반응한 이는 대목장이었다.
 장난스러운 미소를 지으며 그가 물었다.
 "허허허, 내가 또 속을 줄 아나 보지?"
 더 이상 속지 않겠다는 듯 눈에는 각오까지 어려 있었다.
 '순진한 양반!'
 그를 겨냥한 것도 아니었지만 낚싯줄을 던지는 대로 멋모르고 걸려드는 망둥어라고나 할까?
 그냥 미소 지을 뿐이었다.
 그리고 뒤에서 굵직한 목소리가 들려왔다.
 "대목장 어르신! 또 속으시다니요, 그게 무슨 말씀이십니까?"
 뜨끔 놀란 대목장이 경기를 일으키며 뒤돌아보았다.
 "아이고, 시장님."
 시장이 사람 좋아 보이는 웃음으로 대목장에게 악수를 청했다.

"여전히 건강해 뵈시니, 반갑습니다."

그러고는 나를 보며 빙그레 웃었다.

"성훈 군, 근데 무슨 이야기 중이었기에 대목장께서 이리 놀라시는가?"

"총장님하고 말다툼이 있었는데, 시장님 이야기를 하니, 한발 물러서시더라고요. 그래서 역시 시장님의 영향력이 대단하다는 그 얘기를 하고 있었습니다.

"허허허. 그런가?"

그가 멋쩍은 미소를 지으며 웃었다.

대목장도 그 말이 맞다며 고개를 끄덕여 보였다.

"참, 그런데 시장님은 무슨 일이세요?"

"무슨 일은, 우리 도시의 장인들과 학생들이 이리 선전을 하고 있는데, 지역장인 내가 가만히 있어서야 되겠나? 그저 응원차 올라온 거지."

지역 유지들의 경조사를 챙기기도 바쁜 양반이 어지간히 우리 때문에 왔겠다.

'쩝쩝! 어디서 입에 침도 안 바르고…….'

아무 말 하지 않고 입맛을 다시자 시장이 너구리 같이 웃으며 말을 이었다.

"실은 아랍의 왕자들을 만나러 왔다네."

"갑자기 아랍 왕자들은 왜요?"

"이제 도시계획이 거의 마무리되어 가는데, 외부 투자가 더 있어야 할 것 같아서 말이지."

서울, 부산에 이어서 돈 많은 도시라면 울산인데, 더 투자가 필요하다니?

"대체 얼마나 큰 계획을 세우신 거예요?"

"그걸 왜 나한테 물어? 이 사람아!"

그러고는 나를 타박하듯 말했다.

"쯧쯧. 도시계획의 대장이라는 자네가 말이야. 이렇게 모르고 있으니."

그동안 울산 도시계획을 등한시한 건 사실이었다.

"그만큼 틀 잡아주고, 사람 붙여줬으면 됐지 뭘 더 바라세요?"

울산의 성장만큼이나 박람회는 내 미래에 있어서 큰 비중을 차지하는 일이었다.

'나 없는 동안, 얼마나 스케일을 키운 거야?'

건축가들의 역량을 믿지 못하는 것은 아니다.

믿지 못하는 것은 시장의 능력이지.

설계와 시행은 다른 거 아니던가?

아무리 화려한 계획이라도 완성되지 않으면 그것은 미완의 명작이 될 뿐이다.

그래도 시장은 섭섭한 감정을 숨기지 않았다.

"내가 한 교수를 믿고 맡긴 것 같아? 자네한테 맡겼지."

"그래도 한 교수님 일 잘하시죠. 다른 건축가분들도요."

그는 볼멘소리를 하다가도 그들의 평가에는 주저 없이 엄지를 치켜세웠다.

"암! 그건 더 할 말이 없어. 그 사람들 때문에 울산의 미래가 확 바뀔 거야."

그럴 것이다. 한 사람만 있어도 도시를 바꿀 정도의 역량이 있는 사람들인데, 그렇게 수십 명을 모아 뒀으니 그 시너지 효과가 얼마나 대단할 것인가?

"그렇겠죠, 그럴 역량이 있는 분들이니까요."

현재건설로 들어가려는 것은 내 계획의 큰 그림 중에서 일부를 완성하는 거였다.

'울산에서만 머무를 사람들이 아니지. 더 큰 도시에서 그들의 역량을 펼치게 할 수 있을 거야.'

해외 유명 도시를 계획하기 전, 울산에 역량을 쏟아붓는 것은 예행연습이었다.

하루아침에 이루어지는 것이 있겠는가?

울산을 계획하면서 겪는 시행착오들이 그들을 업그레이드시킬 것이다.

'여기서 자신감이 붙으면 다른 도시들을 계획하는 건 문제도 아닐 거야.'

그들의 트레이닝은 착착 진행되고 있었다.

어차피 혼자서는 할 수 없다.

큰 그림은 내가 잡아도 나머지 세부적인 계획을 아귀가 맞게 조립해 줄 사람이 필요했다.

내게 있어서 그들은 최고의 엔지니어였다.

'당신들의 역량을 최대한 발휘해 봐! 다음 무대는 세계가 될 테니까.'

왜 그들에게 기회를 주느냐고?

아니다.

이건 그들이 내게 기회를 주는 것이었다.

그들에게 베푼 작은 호의는 산처럼 큰 눈덩이가 되어 돌아올 것이다.

분명히.

시장이 흐뭇한 미소로 고개를 끄덕였다.

"그렇긴 하지만 나는 자네가 더 대단해. 그런 인물들을 어떻게 발탁을 했는지."

뭔가 물어보고 싶은 것이 있는 듯 호기심 어린 눈을 보고 얼른 말을 돌렸다.

"참! 말이 중간에서 샜네요. 왕자들하고 얘기는 잘되셨어요?"

"아차차. 그랬지. 그것 때문에 자네를 만나려고 한 건데."

"마침 잘되었네요. 저도 시장님을 만나 뵙고 싶었는데."

시장이 유쾌하게 웃었다.

"자네가 나를? 이거 해가 서쪽에서 뜨겠구먼. 맨날 귀찮아하더니."

'그럴 만도 하죠!'

나는 시장이 귀찮다. 그것도 아주아주!

다른 사람들은 내 재능과 결과물을 탐내는 데 반해, 시장은 나라는 인간 자체를 탐낸다.

'정치하자는 말만 안 해도 이렇게 귀찮아하지는 않는다고요.'

만날 때마다 은근히 권유하는데, 귀찮아하지 않을 인간이 어디 있겠나?

"시장님, 먼저 말씀하세요. 왜 절 찾아오신 건데요?"

"거 봐. 또 귀찮아하는 눈이 됐어."

"얼른 말씀 안 하시면 그냥 갈 겁니다."

"알았어, 알았어. 젊은 사람이 성질 급하기는."

그가 너스레를 떨며 말을 이었다.

"오다가 생각해 보니, 사우디나 쿠웨이트랑 울산이 형제 도시 결연을 맺으면 어떨까 하는 생각이 들었지 뭔가?"

"형제 도시요?"

"그래! 내 생각이 어때? 이거면 그들에게 투자를 제안할 구실도 생기고 말이야."

'시도는 좋군.'

다만 그 알맹이가 없고, 목표만 있어서 문제지.

그에게 물었다.

"두 왕자가 얻을 수 있는 이득이 있나요?"

"왜 없겠어! 세계에 이름이 알려진 도시, 울산이라고. 서로 간에 얻을 수 있는 게 무궁무진하지."

시장의 얼굴에는 자부심이 어려 있었다.

그럴 만도 하지 않은가?

울산이 발전하는 게 그의 눈에 보이니까 말이다.

그가 시장이 된 이후, 아니, 울산이라는 도시가 생겨난 이후 가장 빠른 성장세가 될 것이다.

울산이 돈이 부족해 허덕일 정도로 돈이 많이 들어간다는 말이고, 그 돈의 대부분은 도시계획 산업, 즉 도시 인프라에 투자되고 있었다.

'이게 활성화되기만 하면 그야말로 초고속 발전을 하겠지.'

시장이 당당하게 말을 이었다.

"자세한 건 차후에 천천히 협조해 가면 돼!"

"한 교수랑 의논하고 오신 거 아니죠?"

어떻게 알았냐는 눈으로 그가 고개를 끄덕였다.

"그렇지, 오다가 생각이 난 건데."

"그럴 것 같았어요. 그라면 반대했을 테니까요."

"왜?"

'적어도 그는 알리가 얼마나 계산적인 사람인지 잘 알거든요.'

형제 도시가 되면 춤출 사람은 시장밖에 없었다.

다음 선거 플래카드에 붙일 문구가 하나 더 늘어나는 거니까.

하나 왕자들은 구체적인 이득이 보이지 않으면 움직이지 않는다.
내 작품을 사줄 정도로 돈이 넘치지 않느냐고?
이런 말을 하는 사람이 있다면 그건 바보다.
'두 배의 값으로 구입한 내 몰딩도 거기에 다시 두 배 마진을 붙여서 팔아먹은 사람이라고.'
그 전에 평민을 만나줄지도 의문이지만!
내 말에 납득하기 어려운 듯 시장이 물었다.
"그들도 시민들의 지지가 있으면 더 좋을 것 아닌가?"
"압둘 왕자나 알리 왕자 지지율 아세요?"
"……."
"지금도 최고예요. 그걸 바탕으로 차기 국왕으로 거론되는 거라고요. 나라를 더 발전시킬 차기 군주감으로 추앙받기도 하구요."
정작 그게 두 왕자에게는 의미가 있는지 없는지조차도 정확히 알 수 없다.
'투표로 왕을 뽑는 게 아니니까.'
국민들에게 인기가 있으면 좋기는 하지만, 그들이 왕권을 유지하는 절대 필요조건이 아니다.
"그들을 군침 흘리게 할 만한 게 없잖아요."
"그런가?"
"이미 만나 봤을 거 아니에요? 왕자들은 뭐라던가요?"

시장이 주저하며 말했다.
"그게 말이야…… 바쁘다고 안 만나 주더라고."
실망한 모습이 얼굴에 여실히 드러났다.
한국에서는 날고 긴다 하는 시장도, 그들이 보기에는 평민에 불과했던 모양이다.
'쯧쯧.'
그가 서울에 온 첫 번째 이유는 나를 만나는 것이었을 테고, 두 번째 이유는 아랍 왕자들을 만나는 게 아닐까? 하고 예상하고 있었다.
'다른 이유가 없잖아.'
시장은 돈이 되거나, 유권자에게 어필할 수 있는 일이 아니면 움직이지 않는 바쁜 사람이었다.
"차라리 그게 잘된 거 같네요."
"엉?"
"준비를 해서 가야죠."
"그보다 말일세. 성훈이 자네가 좀 소개해 주면 안 될까?"
이게 시장이 나를 찾아온 핵심인 모양이다.
반짝이는 그의 눈이 내게 말하고 있었다.
'그런 게 다 인맥 아니겠어?'라고.
그의 눈빛을 싹 무시하며 시장에게 물었다.
"울산 도시계획, 언제 끝나요?"
단호한 내 표정에 놀랐던 모양이다.

"어! 어, 한 달 정도만 있으면 마무리된다고 하더군."
"그 계획! 한 번에 끝내는 걸로 세웠겠죠?"
시장이 말없이 고개를 끄덕였다.
"그리고 압둘이나 알리 왕자의 투자를 유치한다는 가정하에 세운 거구요?"
또다시 시장은 고개를 끄덕였다.
'보나 마나, 투자받아 오겠다는 큰소리를 쳤겠지.'
시장에게도 계산은 있었을 것이다.
다음 선거에서 이길 자신도 있을 것이고, 연임할 것을 예상해서 계획을 짜라고 했겠지.
당연한 말이겠지만 건축가들은 그에 따라 계획을 구체화시켰을 것이다.
'그들에게 시장의 임기까지 생각하라는 것은 무리가 아닐까?'
그런 만큼 시장에게는 투자자가 필요했고 그게 지금은 알리나 압둘이 된 것뿐이지.
"두 번에 나눠서 작업할 수 있게 계획을 짜라고 하세요."
"엉?"
눈을 모로 뜨며 말을 이었다.
"투자만 받으면 충분하다고."
"그 투자, 나중에 받으세요. 후반부는 투자받아서 할 수 있도록 계획 변경하세요."

"흠, 그래도 말이……."

"지금 설계도나, 그렇게 변경하는 설계도나, 시공 순서만 약간 바뀔 뿐이니까, 시방서만 조금 손보면 돼요."

여지를 남겨 두고 마무리 지으라는 말이었다.

시장이 너스레를 떨었다.

"왜 그러나, 성훈이. 나도 듣는 귀가 있는 사람이야. 아크람 집사라는 대단한 사람도 왔다 갔다면서."

알리 왕자라면 충분히 비빌 구석이 있지 않느냐는 말이었다.

차갑게 말했다.

"그래도 싫습니다."

냉정한 내 말에 시장이 흠칫 놀래며 물었다.

"왜 그래? 성훈이. 이건 자네한테도 득이 되는 거라고."

그의 말은 맞다.

단기적으로는 내게도 득이 될 것이다.

'하지만 실이 될 가능성도 무시할 수 없지!'

또한 시장의 말대로 할 수 있었다.

부탁할 수는 있다.

내가 이러이러한 사정이 있는데, 투자 좀 해줄 수 있지 않느냐고.

알리나 압둘은 투자를 결정해 줄지도 모른다.

아마 높은 가능성으로 그럴 것이다.

그들은 내 가능성에 아주 높은 점수를 매기고 있거든.

그 일례가 압둘이 우리 작품에 매긴 가치였다.

전체 가격 200만, 내 이름값에 50만.

압둘이 말했었다.

'부족하면 얘기해!'

그걸 다른 사람들이 듣기에는 전체 가격을 말하는 걸로 들었는지 몰라도 그 말은 내게 한 것이었다.

'내가 성훈, 너의 가치를 잘못 책정했다면 언제든지 얘기해.'

이 말을 할 때의 압둘은 나를 뚫어질 듯 쳐다보고 있었으니까.

하지만!

'내가 왜 그래야 하는데?'

내 계획의 일부일 뿐인, 울산 도시계획이었다.

시간이 좀 늦춰진다고 해도 하등의 문제가 없었다.

적어도 내게는!

'그리고 그 상대가 왕자들이라고.'

그래서 더더욱 하기 싫었다.

'덜된 밥을 들이밀며, 사라고 하는 게 무슨 경우냐고!'

친구로서의 예의도 아닐뿐더러 하찮은 정에 기대 장사를 한다고 경멸의 시선만 받을 것이다.

나도 똑같이 생각할 거니까!

'좀 더 시간이 걸리더라도, 제대로 밥을 만들어서 내밀어야지.'

그리고 그때가 되면 그건 부탁이 아니라, 정당한 거래다.

시장이 내 눈치를 살피며 물었다.

"왜 그래? 성훈이."

"자존심 상해서 싫습니다."

시장의 계획은 내게 필요한 것이었다.

'하기는 할 거라고. 당신의 아이디어도 좋고.'

시장은 내가 생각하지 못했던 것을 발견했다.

'명분이 있잖아!'

얼마나 멋있어?

사우디아라비아에, 쿠웨이트에 울산보다 업그레이드된 도시를 계획한다니!

'하지만 이런 식은 아니라고!'

한다고 하더라도, 그들이 내게 부탁하는 형식이 되어야 할 것이다.

나는……

절대로 부탁하지 않는다.

자존심은 이럴 때 세우는 거라고.

"저도 시장님이 말씀하신 것은 하고 싶습니다."

시장이 의아해하며 물었다.

"그런데 왜 하지 않으려는 건가?"

잠시 생각을 했다.

어떤 식으로 말을 해야 시장이 납득할 것인가?

단지 자존심이 상한다는 말로는 그를 설득하기 어려웠다. 그에게도 성공이 달려 있는 일일 테니까.

아직 그의 머릿속에서도 숙성되지 않은 계획이지만, 그 씨앗을 분명히 가치가 있었다.

"아이디어는 좋습니다."

시장도 흐뭇하게 웃으며 고개를 끄덕였다.

"내 머리에서 떠올랐다고 믿기지 않을 정도로 좋은 생각이지. 흐흐흐."

그 말에 싱긋 웃어주었다.

'그렇다고 말해 줄 수는 없잖아. 저렇게 스스로를 기특해 하고 있는데 말이야.'

"하지만 구체적인 대안은 전혀 없으시죠. 만약 그 상태로 압둘이나 알리를 만났다가는 말 몇 마디 붙여보기도 전에 쫓겨났을 겁니다."

시장이 기분이 좋지 않은 듯, 뚱한 얼굴로 말했다.

"쯧. 그래도 꼭 그렇게 부정적으로만 볼 건 없잖나."

"전 그들을 잘 압니다. 분명히 그럴 겁니다."

"자네하고는 격식 없이 지낸다고 들었네만."

'너하고도 친구 하는데, 나는 못 할 게 뭐 있냐!'는 말이겠지.

속으로 코웃음 쳤다.

'전 적어도 그 사람들 앞에서 약점을 보인 적이 단 한 번도 없었습니다. 시장님.'

지금이야 친구처럼 지낸다고 해도, 내가 그들에게 약점이 보인다면, 어떤 식으로 이용해 먹으려 덤빌지 알 수 없는 일이었다.

그게 그들에게 자존심을 굽히고 싶지 않은 또 하나의 이유이기도 했다.

두 왕자는 태생에서부터 금수저를 물고 태어났다. 감히 돈질로는 대항할 수 없는 사람들, 거기에 그들은 자신의 노력까지 더했다.

거기에 차기 국왕으로 거론되는 자들!

내가 그들과 동등하기 위해서는, 그들보다 몇 배는 더 노력을 해야 한다.

그리고…….

그들 주변에 알아서 기는 사람들투성이일 텐데, 내가 그들을 따라 해봐야, 내 가치만 떨어질 뿐이다.

'꺾을 수 없는 꽃이 더 아름다워 보이는 법!'

그런 그들이 시간이 남아돌아서, 한국까지 나를 쫓아왔겠어?

그들이 친해지려고 하는 이유!

그것에 내 존재 가치가 있었다.

"시간당 페이로 따지면, 그들을 이길 사람은 몇 안 될걸요. 전 세계에서."

돈을 갖다 바치며 만나자고 해도, 만나기 어려운데, 시간 낭비할 사람들을 만나주겠는가?

그럴 시간이면, 시녀들에게 마사지 받는 게 더 이득이라고 생각할 것이다.

"지금 우리는 그들의 흥미를 끌 만한 게 아무것도 없습니다."

"어허. 그래도 설계가 거의 끝나 가는데."

도면이 있으니, 충분히 승산이 있지 않느냐는 말이었지만, 그의 계산을 애초부터 시작이 틀렸다.

"그들이 설계 전문가라면 그 걸로도 충분하겠죠. 하지만 그게 아니잖아요."

좀 더 구체적으로 질문했다.

"만약 제가 도면만 들고 가서 시장님께 결재해 달라고 하면 사인하시겠어요? 수십억짜리를?"

역지사지라 했다.

상대방의 입장에서 설명하면 된다.

그가 말없이 흠칫거렸다.

"당연히 도면과 함께 실제적인 모습을 보여줄 조감도, 혹은 모형을 함께 보여줘야겠죠. 뭔지 이해를 해야 사인을 하든 말든 할 거 아닙니까?"

"그렇기는 하네만."

일, 이천만 원짜리 쇼핑하는 게 아니다.

"수백억, 수천억의 투자를 요청하게 될 겁니다."

"당연하지."

"그들이 바보가 아닌 이상, 샘플을 요청하겠죠. 투시도나 조감도 같은 거요. 그게 아니면 눈으로 볼 수 있는 결과물을 내놓으라고 할 겁니다. 거기서 머뭇거리는 순간, 쫓겨나요. 장담합니다."

건설에서 말로만 되는 것은 아무것도 없다.

"샘플, 즉 조감도나 투시도가 며칠 만에 만들어지는 겁니까? 우리가 진행하는 거라면 적어도 몇 달은 걸리겠죠."

돈은 또 얼마나 들겠는가?

"그렇게나 오래 걸릴까? 고작 그림 몇 장 그리는데?"

"저 투시도 하는 거 아시죠?"

"그럼 알지."

"그거 백 개 만든다고 보시면 됩니다. 저 같은 사람이 열 명이 붙어도, 한 달에는 안 끝나요."

"……."

"문제는 그렇게 하고도, 그들이 투자를 한다는 100% 확신을 할 수 없다는 거예요. 그럼 그동안 쓴 돈을 헛돈 쓰는 거죠. 시간 버리는 거고."

"성훈이 자네가 해도 그럴까?"

물론 내가 하면 가능하지!

그런데 내가 왜 그래야 하는데?

그냥 일 년 후에 윤곽 보이면, 그때 가서 그들에게 항공사진 찍은 거 흔들면서 '이런 도시 어때? 맘에 들어? 만들 생각 있으면 내 앞에 돈 좀 쌓아봐!' 이렇게 말하면 되는 건데 말이다.

그들을 설득하는 것도, 지금은 시간 낭비다.

'시장님은 그냥 제가 말씀드린 것만 잘해 주시면 돼요. 제발!'

"저 같으면, 그거 신경 쓸 시간에 현장에 한 번 더 가보겠습니다. 그럼 적어도 일 년 안에 윤곽이 드러날 테니까요."

"그럼 이미 투자는……."

"그때, 제가 가서 반드시 성사시킬게요."

나름의 계산이 서 있었다.

나중에 사우디에 갔을 때, 그들의 눈길을 끌 사진 몇 장 들고 가야지.

도시가 어떻게 변하고 있는지, 어떻게 울산에 돈이 쌓이고 있는지 보여줄 수 있는 것 말이다.

'사우디 왕국에서도 석유가 천년만년 나올 거라고 생각하지 않거든.'

중동에서 석유가 끊어지는 순간, 중동의 여러 국가들은 최빈국으로 전락한다.

그들은 그때를 어떻게 슬기롭게 넘길 것인지를 고민하고

있을 것이다.

 알리나 압둘의 고민이 그것인 것처럼.

 "그러니까 지금은 투자를 걱정할 때가 아니에요. 그럴 시간에 우리 계획을 제대로 진행하는 게 나아요. 그게 곧 결과물이니까."

 그때 나는 알리에게 사우디 수도의 도시 발전을 논할 것이다.

 언제까지 검은 물에만 경제를 의지할 수 없다는 사실을 역설하면서 말이다.

 '투자와 동시에 우리 건축가들의 할 일도 만드는 거지.'

 완전히 완성되지 않아도 된다.

 보여줄 주요 시설 몇 개만 완성이 되어도 충분히 설득할 수 있다고 확신했다.

 그것만 봐도, 나머지 전체적인 모습이 대략적으로 눈에 보일 테니까.

 그 정도의 눈썰미는 있는 자들이었다.

 실망하는 시장에게 말을 이었다.

 "그리고 나중에 하자는 데는, 또 한 가지 이유가 있어요."

 이미 흥미를 잃었던지, 그가 심드렁하게 물었다.

 "뭔데?"

 "지금 이슈를 터뜨리는 것보다, 선거 직전에 터뜨리는 게 좋잖아요. 그래야 유권자들이 더 확실하게 기억을 할 테니까요."

이 말은 마음에 들었던 모양이다.

선거라는 말에 시장의 눈빛이 되살아났다.

너털웃음을 터뜨리며, 내 어깨를 두드렸다.

"크하하. 그렇지! 역시 기대를 실망시키지 않는군! 그래야 성훈이지!"

그가 초롱초롱한 눈빛으로 물었다.

"그런데 타이밍이 맞을까?"

"아직 선거라면 일 년 반 정도 남았죠?"

그의 임기는 기억하기 좋았다.

선거가 월드컵과 겹치는 걸로 기억하고 있으니까.

시장이 고개를 끄덕였다.

"그때쯤이면, 울산 도시계획의 진행도 어느 정도 진행이 돼 있을 겁니다. 그렇죠?"

"그렇겠지."

"지금 계획 중에서 눈에 잘 띄는 것 위주로 완성을 시키고, 매주 같은 자리에서 항공사진을 찍으세요."

"그건 뭐하러?"

"그럼 어디가 어떻게 발전되고 있는지, 한눈에 볼 수 있잖아요."

단지 변화만 보일까?

한국의 건설인들은 가속도가 붙으면 무섭다.

'무시무시하지.'

수긍하는 시장을 보며 말을 이었다.

"다른 건 몰라도, 건물 쌓아 올리는 건 한국을 따라올 나라 별로 없어요."

아마 7, 80년대의 중동에서 한국 건설인들이 어떤 활약을 했는지 아는 사람이라면, 저도 모르게 고개를 끄덕일 것이다.

"그걸 두 왕자가 본다면 무슨 생각을 할까요?"

기초를 다지는 것은 크게 눈에 띄지 않는다고 해도, 건물을 쌓아 올리기 시작하면, 일주일마다 도시의 경관이 바뀐다고 생각하면 된다.

나는 그들에게 '너희 도시도 이런 속도로 발전될 거야!'라는 기대감을 심어줄 것이다.

'하루가 다르게 발전해가는 모습을 보면, 자기네도 안 할 수 없거든.'

이건 직접 경험해 보지 않은 사람은 모른다.

'미치도록 손이 근질거릴걸. 돈을 쓰고 싶어서.'

돈만 주면 이렇게 만들어주겠다는데, 과연 왕자들이 거부할까?

어쩌면 자기 먼저 해달라고 매달릴지도 모른다.

시장을 보며 확신에 찬 말을 했다.

"무슨 일이 있어도, 시장님의 다음 임기가 위태롭지 않도록 만들어 드리겠습니다. 시장님은 지금 이 사업만 제대로 확실하게 진행해 주시면 되는 겁니다."

시장이 납득했다.

"알겠네. 그럼 나는 성훈이 자네만 믿지!"

이렇게 시장의 일을 마무리 지었다.

이 일은 내가 중동으로 진출하는 포석이 될 것이다. 그리고 가장 화려하게 비상할 수 있는 작품이 될지도 모른다.

표정이 밝아진 시장이 물었다.

"참! 나를 찾았다면서. 왜?"

그의 일에 몰입하다 보니, 내가 할 말을 잊고 있었다.

"울산에 짓고 있는 월드컵 경기장 있죠?"

"응. 그런데 왜?"

"월드컵 할 때 말이죠. 그때도 경기장 옆에다가 이번처럼 박람회를 열고 싶은데, 어떻게 생각하세요?"

"이런 박람회를 거기서도 하겠다?"

"네. 그때는 지금보다 규모가 조금 더 커져야 할 겁니다."

"좀 더 크게 지어달라는 말인가? 여기보다?"

그의 말에 씨익 웃어 보였다.

"네."

"헌데 한창 월드컵 하느라고 축구에 관심이 쏠려 있을 건데. 성과가 있을까?"

그의 염려를 일축시켰다.

"어차피 한국인의 축제가 아니라, 세계의 축제예요. 그리고……."

"그리고?"

"그때는 방문객의 수준이 다를 테니까요."

시장이 의아해하면서 물었다.

"어떻게 말인가?"

"일단 스티브를 초대할 겁니다."

"이번에 왔었던 그 스티브 감독?"

"네. 그와는 계속 인연을 이어갈 테니까요. 그리고 이번에 사우디로 초청을 받은 거 아시죠?"

"알고 있네. 아크람 집사가 초대했다면서?"

말이 초대지, 자기가 죽기 전에 오라는 반협박이나 다름없었다.

"네. 거길 가는데, 빈손으로 돌아올 수는 없죠."

인생이 공수래공수거라지만, 나는 다르다.

빈손으로 갈지언정, 올 때는 양손 가득 들고 올 것이다.

남자라면 이 정도 꿈은 있어야 하는 거 아냐?

시장이 내 속셈을 알아차렸다.

"크크크. 성훈이 너도 거기 가서 체면을 세워줬으니, 거기서도 한 명이 와야 한다, 그 말이지?"

그 말에 고개를 끄덕였다.

"적어도 알리 왕자, 아니, 알리는 이제 식상해요. 그 이상의 인물이 와야 격이 맞겠죠."

정 방법이 없으면, 나도 초대하면 된다.

그들의 초대에 응해 줬으니, 그들도 갚아야 할 것 아닌가?

시장에게 웃으며 말을 이었다.

"잘만 되면, 국왕이 놀러 올 수도 있는 거죠."

그는 눈을 동그랗게 뜨고 되물었다.

"정말? 그게 가능해?"

시도해 보지 않은 이상 장담할 수는 없겠지만, 불가능한 일은 아니지 않은가?

"사우디 수도와 형제 도시가 된다면 불가능한 일은 아니겠죠. 명분이 없는 것도 아니고."

그 외에도 방문자들의 격이 높아질 것이다.

압둘의 후원을 받는 현 EU 건축협회 부회장 마이어는 그때쯤이면 '부' 자를 뗀 회장이 되어 있을 것이다.

"그때는 프랭크도 부르고요."

"아! 그 프리츠커 수상자 말인가? 저번에 나하고 대담했었던?"

"네."

시장이 어이없는 한숨을 내쉬었다.

"허! 그러다가 월드컵이 들러리가 되는 거 아니야?"

"무슨 상관이에요. 그래서 울산 축구장에 사람들이 더 몰릴지 누가 알아요."

"그렇지. 오히려 좋지! 월드컵 특수를 톡톡히 누릴 수 있을 테니 말이야."

"제 말도 그 말이죠. 어때요? 공간을 만들어주실 수 있어요?"

시장이 크게 고개를 끄덕였다.

"걱정하지 말게. 내가 반드시 그렇게 되도록 준비를 하지."

월드컵 축구장 옆의 작은 전시관은 유명인들로 붐빌 것이다.

물론 그 내용 또한 지금보다 더 풍요로울 것이다.

'이건 한국의 전통건축이 두 번째로 세계 언론에 오르내리는 결과를 만들 거야.'

나는 미래를 향한 또 하나의 포석을 깔았다.

우리나라는 전통에 무관심하다.

아주 많이 무관심하다.

이런 장소, 전통을 전시하고 느낄 수 있는 장소가 더 많아져야 한다.

그럼 왜 전국적으로 그런 걸 설치할 생각을 하지 않느냐고?

그럼 더 효과가 좋아질 거라 생각하는가?

나는 그 생각에는 의구심이 든다.

확실하지 않은 결과를 노리느니, 한 곳에서 대박을 터뜨리는 게 낫다.

'그렇게 되면, 다른 도시에서도 덩달아 이런 행사를 개최할 테니까.'

백문이 불여일견!

돈이 된다고 아무리 외쳐도 하지 않는다.

확신이 없기 때문이다.

하지만 돈이 된다는 것을 보여주면, 시키지 않아도 알아서 따라한다.

그 와중에서 내가 생각지 못했던 아이템들이 탄생하기도 할 것이다.

그렇게 발전하는 것 아닌가?

시장과 헤어지고 현재건설 사장을 만나러 갔다.

다른 사장은 모두 돌아가고 사장만이 남아 아직 가지 않고 나머지 전통 건축 모형들을 구경하고 있었다.

민수와 승범 등 주축이 되는 팀원들이 사장에게 모형이 어떻게 만들었는지 등을 설명하고 있었다.

그뿐 아니라, 현재건설에 대해 궁금한 점들을 질문하는 시간이기도 했던 것 같다.

민수가 나를 반가이 맞았다.

"성훈 형, 사장님 얼굴 모르셨죠?"

"응, 오늘 뵌 게 처음이야."

"글쎄요, 예전에 기숙사 현장에서……."

말하는 민수의 말을 막았다.

"이따가 얘기하자. 지금은 사장님과 할 말이 있어."

그리고 바로 사장에게로 향했다.

"사장님, 저 녀석들 각자 전공에 맞게 입사시켜 주실 수 있나요?"

"응? 자네가 다 통솔할 것 아닌가?"

그의 말에 코웃음을 쳤다.

"어설픈 애들 데리고 대장 노릇 하는 데는 관심 없습니다."

"어설프다고?"

"사실 그렇지 않습니까? 사장님 보시기에도요. 저 녀석들 그대로 현장에 투입해서 써먹을 수 있을까요?"

"그건 어렵지."

그게 어설픈 게 아니면 뭔가?

사장이 물었다.

"자네가 가르치면 될 것 아닌가?"

"제가요? 제가 가르칠 수 있는 게 뭐 있는데요? 제가 전기나 기계에 대해서 뭘 안다고 녀석들을 가르치겠어요? 그렇다고 현재건설이 교육할 겁니까? 그럴 능력은 되고요?"

사장의 얼굴이 굳었다.

내가 도발하는 것처럼 느껴졌으리라.

"무슨 말인지는 알겠어. 그렇게 각 계열사로 퍼뜨린 다음에는 어쩌려고."

"실무를 완전히 익혔을 때 다시 모을 겁니다."

"그러고는?"

"제가 하고 싶은 일을 진행할 겁니다. 바로 건축을요."

"꼭 그렇게 할 필요가 있을까? 우리 회사의 인력으로도 가능할 텐데."

그럴 수도 있다.

늘 그래 왔으니까.

진정한 프로페셔널이라 할 수 있을까?

"그게 가장 효율적이겠죠. 건축에 필요한 인재들만 모아서 일을 진행하는 거니까요."

사장이 고개를 끄덕였다.

"그렇지."

"하지만 그들은 건축에 필요하지 않은 것을 말하지 않겠죠."

"필요 없는 것을 왜 말하나?"

필요 유무를 왜 각 분야 전문가들이 결정하는가?

최종 결정자인 건축가가 결정해야 하는 것 아닌가?

'하지만 그건 실제로는 불가능하지.'

조명 하나만 봐도 알 수 있다.

설계자가 세상의 모든 조명을 알 수는 없다.

하지만 조명 전문가에게 물어보기보다는 조명 회사의 카탈로그에 의지하는 것이 현실이다.

'귀찮으니까, 그리고 모르니까.'

걸러내는 것에도 지식이 필요하다.

"건축가는 완벽하지 않습니다. 집도 마찬가지고요. 그저 가장 저렴한 비용으로 일을 진행할 뿐이죠."

"그게 잘못된 건가?"

"아뇨, 그렇지는 않습니다. 대신 완벽하지 않죠."

이상을 추구하는 내게 사장이 코웃음을 쳤다.

"훗! 성훈 군, 왜 우리라고 완벽을 추구하지 않겠나? 하지만……."

그의 말을 가로챘다.

무슨 말을 할지 너무나 뻔했으니까.

"그걸 위해서 희생해야 하는 게 너무 많죠."

그게 자본가의 방식!

1%의 불량률을 해결하기 위해 끊임없이 개선을 추구하는 게 아니라, 1%의 불량을 감수하고 물건을 만들어낸다.

재수 없는 1%에 걸린 사람은 어떡하냐고?

배상 청구를 제기하는 사람에게는 교환해 주겠지. 단지 재수가 없었음을 원망하라면서.

그리고 이렇게 말하겠지.

'세상에 완벽한 게 어디 있어요? 다 그렇고 그런 거지.'

하지만 나는 예술가이며 장인이다.

'예술가가 완벽을 따지는 게, 뭐 어때서.'

"그걸 아는 사람이 그렇게 말하나?"

"그럴 가치가 있으니까요."

"어떤 가치?"

스스로 가치 없다고 평가절하 당한 듯, 그의 얼굴이 어두워졌다.
"세계 최고의 건설 회사가 갖추어야 할 가치요."
"세계 최고라고?"
"당연하다는 듯, 콘크리트 속에 쓰다 남은 스티로폼 조각이 들어 있고, 욕조 속에는 쓰레기가 들어 있죠. 그게 우리나라 건설 회사의 현실입니다."
순간 사장의 얼굴이 붉어졌다.
왜 그랬을까?
그에게 물었다.
"현재는 아니라고 생각하십니까?"
"……."
"만약 그렇다면 사장님께서는 현재건설이 세계 최고라고 자부하실 수 있으십니까?"
사장은 아무 대답도 하지 않았다.
왜 우리나라 건설 회사는 세계 최고가 되지 못할까?
그에게 대놓고 말할 수는 없지만 돈만 밝히는 천민자본주의 때문이 아닐까?
돈이 무슨 죄가 있으랴!
제 일에 대한 책임감이 없는 인간이 잘못이지.
왜 욕조 안에 쓰레기가 들어 있었을까?
만약 자기 일에 자부심이 있었다면 과연 자신의 책임을 등

한시했을까?

이유는 하나다.

'쓰레기가 돈이 되지 않으니까.'

내 몸 하나 편한 것이 중요하지, 내 자부심은 중요하지 않았기 때문이다.

과연 몇 년 후, 그 욕조의 설치자를 욕할 거라 예상했다면, 설치한 사람의 얼굴과 이력이 붙어 있다면, 과연 쓰레기를 버리고 올 수 있을까?

얼굴이 상기된 그에게 말했다.

"어떤 건물이 되었든 제 얼굴을 붙여도 부끄럽지 않은 건물을 만들어 드리겠습니다. 그러기 위해서는 각 분야의 전문가들이 필요합니다. 물론 저와 말이 잘 통해야 하는 건 기본이고요."

사장은 눈 아래만 꿈틀했을 뿐 가타부타 말이 없었다.

"그걸 위해서 저 사람들이 필요하다?"

"믿어주는데 끌고 가야죠."

"우리 회사에서도 자네를 믿어주는 사람이 있잖나?"

곽 이사나 양 이사를 말하는 것일까?

그의 말을 부정하지 않았다.

"그들은 그들 나름대로 쓸 곳이 있지 않겠습니까?"

내 진심을 알아줬던 걸까?

사장은 꾹 다문 입술을 열었다.

"알겠네. 그러도록 하지."

사장은 이 일을 쉽게 생각하고 있었다.

다시 한 번 다짐을 받아야 했다.

"반드시 해주신다고 약속해 주십시오."

"알겠네. 반드시 그렇게 해주지."

"어떤 상황이 와도 말입니다."

"어허, 사람 참! 해준다니까 그러네."

"알겠습니다. 그럼 믿겠습니다."

확신하는 사장을 보며 씁쓰름한 미소를 지었다.

'나중에 저 친구들이 제 몫을 하게 되면 과연 다른 계열사에서 놓아주려 할까?'

물론 그것 말고도 방법은 많다.

정히 막힐 경우는 계열사를 퇴사하고, 현재건설로 들어오면 되니까 말이다.

계열사라고 해서 그것까지 막을 권리는 없겠지.

평생직장의 개념은 사라졌고, 이직은 직장인의 권리가 된 지 오래였다.

'하지만 그건 최후의 방법이지.'

다른 계열사들에 협조를 요청할 일도 많을 텐데, 굳이 척을 질 필요는 없었다.

그의 약속을 받아내고 팀원들에게로 돌아섰다.

"너희들, 나 따라온다고 했지?"

보람이 대표로 대답했다.

"응, 그랬지."

웃음 가득한 얼굴이었다.

이제 저 얼굴에 찬물을 끼얹어야 한다.

"그럼 잠시 헤어져 있어야겠다."

"응? 그게 무슨 말이야."

"각자 전공에 맞는 계열사로 들어가서 실무를 익히라는 말이야."

팀원들의 반발이 이어졌다.

보람이 그들을 자제시키며 말했다.

"야! 난, 아니, 우리는 너 따라가려고 하는 거라고. 네가 없으면 아무런 의미가 없잖아!"

그는 버림받은 새끼강아지처럼 으르렁거렸다.

다른 팀원들도 비슷한 생각을 하는 모양인지 잠시의 소요가 일었다.

"지금까지 너희가 큰 도움이 되었다는 사실을 부정할 생각은 없어."

"그런데 왜 그러는 거냐?"

"너희는 아직 실무 감각이 많이 모자라."

"제대로 된 설명이 필요한데."

"초보들을 데리고 일을 할 수는 없다는 말이야."

팀원들의 눈가가 꿈틀거렸다.

그들을 향해 침착하게 말했다.

"지금까지 했던 건, 장난 축에도 끼지 못하는 거야. 건축 모형 몇 개 만들고, 갑돌이 같은 장난감을 만들었다고, 설마 모든 것을 경험했다 말하려는 건 아니겠지?"

헤어지는 마당에 무슨 위로가 필요하랴!

너희를 버리려는 게 아니다.

이런 구구절절한 변명 따위는 필요 없었다.

말없이 눈만 부라리는 그들에게 말을 이었다.

"너희가 이번 작업을 하면서 얼마나 많은 실수와 오류를 경험했는지 기억 안 나? 이런 실력으로 실무에서 통할 것 같아?"

이들은, 아니, 우리 전부는 현재건설에 스카우트되었다는 사실만으로 자신감이 넘쳐 있었다.

장난감 자동차를 몰아본 어린아이가 차를 몰겠다고 덤비는 모양새.

'기고만장이라는 말이 더 어울리겠지.'

그들에게 일갈했다.

"그 실수들을 또 반복할 생각이야? 실제 건물을 만드는 게 그렇게 만만해 보여? 실수해도 된다고 생각하는 거냐? 고치면 된다고? 일이 장난이냐?"

보람이 반박했다.

"그런 실수도 하고 하면서 성장하는 거 아니냐? 넌 뭐 처음부터 완벽했어?"

"그래서 나도 너희들과 마찬가지로 건설 회사에서 실무를 배우려는 거야. 그래서 너희를 돌봐줄 여유가 없어."

"뭐? 넌 이미 실무를 했다면서! 스타타워 현장에서."

그게 어디 현장 축에나 끼겠어?

서당개 삼 년이면 풍월을 읊는다지만, 반대로 해석하면 자그마치 삼 년이나 연습해야 한다는 거지.

한낱 개도 그러할진대, 하물며 사람이야.

풍월이 그러한데, 건축이야 말할 필요가 있으랴.

"실무 몇 번 했다고 현장의 모든 것을 파악할 수 있을 것 같아? 그건 애송이의 착각일 뿐이야."

"착각이라고?"

"응!"

욱한 보람이 물었다.

"뭐가 착각인데."

"너희들이 즉시 써먹을 수 있는 전력이 될 수 있다고 착각하는 것. 그게 첫 번째야. 너흰 아직 아마추어야."

이렇게까지 냉정하게 말할 줄을 몰랐던지, 움찔한 보람이 물었다.

"그건 인정하지. 그럼 두 번째는 뭐냐?"

"그런 너희들과 내가 함께 일할 거라고 하는 점. 그게 두 번째야."

"뭐라고?"

"기분 나쁘게 듣지 마. 그냥 사실을 얘기하는 것뿐이니까."

"하지만 우리는 현재건설 특별 채용에 합격했다고."

"입사한다고 자격이 갖춰지는 게 아니야. 이제부터가 시작인 거지."

저들의 목표는 회사의 입사였으니까, 저런 말을 하는 게 당연했으리라.

하지만 현재건설은 내 목표의 과정이었을 뿐이다.

회사 입사보다 거기서 뭘 할 것인가가 더 중요한 것 아니겠나!

자랑스러워할 이유는 되지만 그게 목표 달성의 의미는 아니었다.

"난 국내 기업들과 고만고만한 경쟁을 할 생각이 없어. 고로 너희 사정을 다 봐주면서 내가 그들과 경쟁을 할 수는 없단 말이야. 정말 너희가 나와 함께 가려고 한다면 그전에 어떤 전문가와 붙는다고 해도 지지 않을 정도의 실력을 키워. 나와 함께 가는 건 그 이후가 될 거야."

보람이 침음성을 삼켰다.

"음……."

보람과 전체를 향해 말했다.

"3년 준다. 그 안에 인정받지 못하면 함께하고 싶어도 할 수 없을 거야. 그 녀석은 우리 중 누군가에게는 걸림돌이 될 테니까! 그렇게 되고 싶어?

"그럼 그 이후에는 함께할 수 있는 거냐?"

"응, 그때까지 살아남는 녀석과 팀을 꾸릴 거야."

이제 결정은 그들의 몫이었다.

성훈이 그들을 두고 돌아섰다.

사장이 물었다.

"자네 얘기를 듣고 나니 의문이 생기는군."

"뭡니까?"

"자네가 삼 년 후에 이들을 데리고 나가버리면 어떡하나?"

타당성 있는 의문이었다.

'그럼 굳이 건설사에 모일 필요도 없겠죠.'

이 친구들을 모아서 나가버리면 그만이지 말이다.

하지만 내게 필요한 것은 인원뿐만 아니라, 현재건설의 시스템이었다.

"그럴 일 없을 겁니다."

"어떻게 장담하나?"

그의 말에 웃음으로 답했다.

"일단 현재건설을 세계 최고의 건설사로 만들겠습니다."

성훈의 자신감에 넘치는 말이었다.

'현재건설은 꽤나 쓸 만한 회사거든.'
불가능을 생각하지 않은 얼굴.
"그리고 그 후에 다른 걸 생각해 보겠습니다."
사장이 놀란 눈으로 물었다.
"정말인가? 가능하겠어?"
"네, 현재 정도의 시스템과 지원을 받고도 최고가 되지 못한다면, 그 뒤는 볼 필요도 없겠죠."
"그럼 그 후에는?"
사장 또한 세계 최고를 의심치 않는 눈빛이었다.
"그건 그때 가서 생각해 볼래요. 아직 젊으니까요."
성훈의 목표는 얼마만큼의 권력을 혹은 돈을 얻느냐가 아니었다.
어떤 창조적인 일을 할 수 있는가? 상상을 얼마나 실체화할 수 있느냐에 초점이 맞춰져 있었다.
스스로의 명성으로 회사를 차려서 나가든, 아니면 계속 현재건설의 시스템을 이용해 일을 벌이든, 그것은 성훈의 선택이 될 것이다.
그때가 되면 오히려 현재건설에서 그가 나가지 않기만을 빌어야 하는 것 아닐까?
"끄응, 그런가?"
사장의 입에서 작은 신음성이 터져 나왔다.
"그때라면 현재건설도 이미 충분히 투자한 만큼의 이득을 취한 뒤가 되겠죠. 그리고…….”
"그리고 또 뭔가?"
"굳이 나갈 필요가 없다면 그럴 이유가 없지 않겠습니까?"
사장이 그 말에 피식 웃었다.
'영원히 나가고 싶지 않게 만들어주지.'

박람회에서 대상을 타고, 울산으로 돌아왔다.
학교 정문에서부터 행정 건물로 가는 중간중간에 현수막이 붙어 있었다.

[건축학과와 공대! U 대학의 명성을 떨치다!]

총장실에 들러 총장의 치하를 받은 후, 행정 건물 밖으로 나왔다.
보람이 물었다.
"성훈아. 그나저나 다음 해 졸업생들, 불쌍해서 어쩌냐?"
"왜?"

"총장이 열변을 토하던데."

총장은 현재건설 특채를 학교의 명물로 만들겠다고 선언했다.

'이게 학교의 고정 옵션이 되면, 입학생들의 수준이 높아진단 말이지.'

열정에 활활 타오르는 눈동자로 말을 이었었지.

'지방에 있는 대학이라고 해도, 실력으로는 한국의 일류대학에 꿇리지 않는다는 걸 보여주겠네.'

라며 열변을 토했다.

그러고는 성훈과 팀원들의 어깨를 부여잡고 당부의 말로 끝을 맺었었지.

'그래서! 자네들의 역할이 중요하다고. 확실하게 현재그룹에서 자리를 잡아주게나. 응? 내가 확실하게 교육해서 밀어 넣어줄 테니.'

"나도 모르지. 무슨 계획이 있으니 그런 거겠지."

내 계획의 핵심은 전통건축과 건축학과에서의 인재 풀을 마련하는 것이었다.

다른 공과대에서도 그만큼의 성과를 내주면 좋겠지만, 그건 그들의 역량일 뿐.

내가 제어할 수 있는 부분이 아니기에, 크게 관심을 가지지 않았다.

'중요한 건 내가 원하는 건축을 하는 거지. 학교의 발전이 아니거든.'

보람이 비관적인 눈빛으로 물었다.

"성훈이 너도 없는데, 과연 가능할까?"

"총장이 알아서 할 거야. 우린 이제 우리가 자립할 길을 모색해야 돼."

수십 개 학과의 학생들이었다.

각자의 방식대로 현재의 계열사에서 살아남아야 할 것이다.

보람에게 말했다.

"긴장할 것 없어. 다 똑같은 사람들이 모여서 일하는 곳이니까."

"너야……. 이미 해봤으니 쉽게 말하지만……."

보람의 말은 학교 다니면서 실습하는 것을 말하는 거겠지만, 나는 지난 삶을 떠올렸다.

'질리도록 해봤지. 정말 질리도록.'

작게 웃으며 답했다.

"그래! 해 봤으니까 하는 말이야."

그리고 말을 이었다.

"별거 아냐. 능력만 보여주면 돼. 그게 다야."

옆에서 듣던 승범이 성훈을 보며 피식거렸다.

"짜식. 정말 쉽게 말하네. 알았다. 어떻게든 살아남아 보이마."

이제는 정말 헤어져야 할 시간이었다.

"고생 많았다. 다들."

팀원들도 흐뭇한 미소를 지었다.

모두 현재그룹의 계열사로 들어가는 것이 결정되었으니, 얼굴에서 웃음이 떠나지 않았다.

보람이 말했다.

"성훈아. 3년이랬다. 그 전에 우리 불러야 돼!"

"알았어. 그 전이라도 실전경험이 충분히 쌓이면, 전화해. 할 일은 널려 있을 테니까."

그 말을 끝으로, 모두 자기 학과로 돌아갔다.

말도 많고 탈도 많았던 박람회!

그 긴 여정의 막을 내렸다.

전원 특채라는 희대의 결과물을 남긴 채.

"한 교수님. 저 왔어요."

책상에서 도면을 보던 한 교수가 고개를 들었다.

"어. 성훈이냐? 고생 많았다."

그러고는 다시 책상으로 고개를 박았다.

성훈이 투덜거렸다.

"타지에서 고생하고 온 제자에게 이게 웬 푸대접입니까?"

하지만 그는 고개도 들지 않고 대꾸했다.

"그래서 고생했다고 했잖아. 그래도 대꾸할 힘은 남아 있나 보네. 거기 커피나 한 잔 따라주라. 지금 정신없어 죽겠다."

성훈이 피식 웃으며, 커피 두 잔을 소파 테이블 위에 올렸다.

"저도 힘들어서 거기까지 못 가겠어요. 커피 여기 둘 테니, 와서 드세요."

마지못해 일어선 한 교수가 기지개를 켰다.

"끄으응! 아이쿠, 삭신이야."

그가 투덜거리며 소파로 다가왔다.

"거참. 바쁘다니까."

"이렇게라도 안 하면, 하루 종일 일어나지도 않을 거잖아요. 대자보 걸려 있던데 못 보셨어요?"

"봤지!"

"U 대학의 명성을 떨친 장본인이라고요."

자신을 손가락으로 가리키는 성훈을 보더니, 그가 커피를 홀짝이며 피식 웃었다.

"그게 어디 U 대학을 위한 거였냐? 네놈 좋자고 한 일이지?"

"어쨌거나 저쨌거나죠."

성훈의 농담에 한 교수도 웃으며 소파에 몸을 기댔다.

"그래. 결과론적으로는 같은 말이겠지."

그리고 나른한 목소리로 말을 이었다.
"그나저나 이제 뭐 할 거냐?"
향후의 진로를 묻는 것이리라.
"글쎄요. 한 건 끝내고 나니까, 진이 약간 빠지네요."
'학교에서 더 할 것이 있을까?' 하는 생각이 들기도 했었다.
뜨거운 커피를 후후 불며 성훈이 말을 이었다.
"이제 남은 거라면, 졸업작품 정도가 되겠네요."
하지만 그것도 심드렁하기는 마찬가지!
"그런데 별로……. 관심이 안 가네요."
툭 던지는 말에 한 교수도 피식 웃었다.
"하긴 네 녀석은 이미 작품을 몇 개나 만들었으니 그럴 만도 하지."
졸업작품의 의미가 무엇인가?
4년 동안 열심히 배우고 익혔으니, 그 결과물을 남기고 졸업하겠다.
그 정도 의미가 아니던가?
그저 작품의 의미로만 따지자면, 졸업작품은 해도 그만, 안 해도 그만이었다.
한 교수의 생각도 비슷했다.
창밖의 먼 산을 바라보며, 차를 마시는 성훈을 보며 생각했다.
'과연 녀석 또래에 이런 결과를 낸 사람이 얼마나 있을까?'

이제 쉬고 싶어진 건 아닐까?

간혹 있는 일이 아니던가?

무언가를 완성한 후에 밀려오는 공허감.

멍한 표정의 성훈을 보며, 한 교수가 말했다.

"녀석. 이제 쉬고 싶은 모양이구나?"

여전히 시선은 창밖을 향한 채, 성훈이 고개를 저었다.

"아뇨. 딱히 그런 건 아닌데. 지금 당장은 뭘 해야 할지 모르겠네요."

"그래. 그럴 때는 쉬어 주는 것도 방법이야. 쉬다 보면 하고 싶은 게 또 생기겠지."

성훈이 한 교수에게 농을 걸었다.

"하긴. 이제 학교에서 알아서 학점 줄 텐데요. 뭘."

한 교수가 장난스레 인상을 찡그렸다.

"어떤 놈이 그러더냐? 점수 준다고?"

그가 입술을 씰룩이며 말을 이었다.

"나, 한승원 사전에 공짜 학점은 없어! 형평성에 어긋나잖아. 형평성에! 그리고 박람회 건하고 내 학점은 전혀 관계가 없어!"

당연하다는 듯이, FM을 말하는 한 교수였다.

'그렇죠. 그래야 당신 답죠.'

"알았어요. 열 내지 마세요. 농담한 거니까."

"졸업할 때까지 공짜 학점 받으려고 하다가는 국물도 없을 줄 알아. 비싼 돈 내고 학교 왔으면 뭐 하나 배워갈 생각을 해야지!"

잔소리가 길어질 것 같아서, 급히 화제를 돌렸다.

"그런데 교수님. 아까 보고 계시던 거 뭐예요?"

그 말에 머리가 지끈거리는 모양인지, 한 교수는 양손으로 관자놀이를 꾹꾹 눌렀다.

"내가 저번에 얘기 안 했던가? 현재건설 사장 별장 설계를 의뢰받았다고?"

"아뇨. 금시초문인데요?"

"하긴! 나나 너나 눈코 뜰 새 없이 바빴으니."

말할 틈이 없었거나, 혹은 듣고 잊어버렸으리라.

누구랄 것도 없이 말이다.

하지만 중요한 것은 그게 아니었다.

내가 모르는 사이에, 재미있어 보이는 것이 생겼다는 것!

"별장이라? 재미있겠는데, 그런데 왜 골치 아파하세요?"

구미가 당기는 듯한 성훈의 말에 한 교수는 고개를 절레절레 저었다.

"말도 마라. 머리 아프다."

"대체 무슨 요구를 했기에 그러세요?"

책상 위에 널브러진 도면과 카탈로그들이 바로 그것들이리라.

성훈이 일어나, 도면을 집어 들었다.

"공간 잘 빠지고, 동선도 멋들어지게 짜졌는데, 뭐가 문제예요?"

"구조는 아무 문제가 없지!"

당연한 말이겠지!

울산의 유명 건축가들을 휘하에 거느리고 있는 한 교수였다.

한 교수 자체도 구조가 전문이니, 다른 말이 필요 없으리라.

"거기 카탈로그들 봐라."

고풍스러운 가구들로 가득한 책자들이 책상에 층을 이루고 있었다.

"전부, 완전 안티크 풍인데요?"

생각하니 더 머리가 아픈 듯, 한 교수가 고개를 숙인 채 대꾸했다.

"그래! 그 양반, 완전 오타쿠야. 안티크 오타쿠."

성훈이 자료들을 들고 와 테이블에 내려놓았다.

그리고 찬찬히 훑어보며 말을 이었다.

"완전 최고급으로 도배를 할 생각인가 보네요? 역시 부자가 다르기는 달라요."

이태리제 원목 가구, 독일제 소파 등등.

보기만 해도 입이 떡 벌어지는 가격대의 제품들이었다.

개 중에는 지난 삶에서 보지도 못했던 가구들이 즐비했다.

성훈 자신도 나름 수입가구 전문가라 여겼지만, 눈앞의 제품들은 천외천이었다.

'이렇게 비싼 가구들이 있었어? 내가 다뤘던 건, 이거에 비하면 싸구려네. 싸구려!'

적게는 몇 배에서, 많게는 '0'이 몇 개 더 붙어 있었다.

"허! 이 양반! 개인 호텔이라도 만들 생각이래요? 기껏해야 별장이라면서."

일 년에 별장을 가 봐야 몇 번이나 가겠는가?

하지만 그 내용물들은 최고 중에서도 최고로만 채울 요량인 모양이었다.

"다 만들어지면 볼만 하겠는데요? 안티크 가구 박물관 같겠네. 그것도 최고급 박물관. 저 소파를 저기 놓고…… 저건 여기 놓고."

"다 쓸데없는 짓이야. 마음에 안 든대."

"예? 이것들이 마음에 안 든다고요?"

동그란 눈으로 되묻자, 그가 크게 고개를 끄덕였다.

"그래! 눈은 또 디립다 높아! 젠장!"

"허허. 참!"

헛웃음을 터뜨리는 성훈에게 그가 비장한 웃음을 지었다.

"그런데 그게 거실용이야. 다른 방들은 또 다르게 디자인해 달래."

"직접 만나서 말씀해 보신 거예요?"

한 교수가 인상을 찌그러뜨렸다.

"내가 그럴 시간이 어디 있겠어? 시안만 보낸 거지."

"왜요? 클라이언트를 만나는 게 당연한 거죠."

"학생들 가르치랴, 논문 쓰랴, 울산 도시계획 총괄하랴, 이거 설계하랴! 몸이 열 개라도 부족했거든."

그리고 성훈을 바라보며 말했다.

"내 앞에 앉아계신 누구 때문에 말이야!"

"심심하다고 하셨을 때는 언제고?"

"그건 고맙다. 녀석아. 덕분에 무미건조할 뻔했던 내 삶이, 숨 돌릴 틈도 없이 스펙타클해졌으니까······."

주저리주저리 이어지는 그의 하소연은 귀에 들어오지도 않았다

'부자들은 취향이 독특하다더니.'

자수성가해서 부자가 된 사람들과 태어날 때부터 부자였던 사람은 세상을 살아가는 관점이 달라 보였다.

알리나 압둘만 봐도 그것을 알 수 있다.

'아낀다는 개념이 없지.'

일반인들은 절약을 위해 약간의 불편 정도는 기꺼이 감수하지만, 그들은 코털만큼의 불편함도 참지 않는다.

'하지만 그런 사람들 때문에 세상이 편리해졌지.'

계단을 걷기 싫어하는 자들 때문에 엘리베이터와 에스컬레이터가 만들어졌다.

앞으로 내가 상대할 사람은 그런 사람들이었다.

돈 때문이냐고?

천혀!

돈이 없는 자들은 상상하지도 않는 생각을 하기 때문이다.

평범한 사람들의 당연한 요구를 수용하는 건축은 결국 콩나물시루의 범주를 벗어날 수 없다.

'세상의 발전에 기여한 사람들은 천재이거나 혹은 불평하는 자들이었지.'

태초부터 불편은 발전의 원동력이었다.

추위를 피하려고 불을 피웠던 것처럼!

'얼마나 까다롭기에, 한 교수가 혀를 차는 걸까?'

우리나라 0.1% 부자로 손꼽히는 그의 취향을 알아보고 싶었다.

'그리고 어차피 해야만 하는 일이라면, 기회가 왔을 때 해치워야지.'

이 일은 내게 새로운 경험을 선사할 거라는 확신이 있었다.

내 생각이 끝날 때쯤, 한 교수의 푸념도 끝났다.

"그런데 지금은 너무 지치는구나."
"말씀 다 끝나신 거예요?"
무미건조한 내 답에 그는 섭섭한 표정이었다.
"내 말 듣기는 들은 거냐?"
눈썹을 으쓱하며 말했다.
"교수님. 그거 제가 할게요."
"엉? 진짜? 무리할 필요 없는데."
한 교수는 순간 당황스러운 모양이었다.
'이렇게 착한 놈이었나?' 하는 표정.
하지만 내 진지한 표정에 함박웃음을 지었다.
"내가 헛살지 않았구나. 제자 하나는 제대로……."
세상에 공짜가 어디 있나?
"졸업작품, 이걸로 대체할게요."
"엉? 뭐라고?"
의문을 제기하려는 그의 입을 말로 막았다.
"좋잖아요. 어차피 인테리어니까. 명분도 서고, 교수님은 귀찮은 일 하나 떨구고."
그가 미심쩍은 눈으로 물었다.
"정말 자신 있어? 혹시 기숙사 인테리어 해봤다고, 터무니없는 자신감을 가지는 거 아니야?"
"그게 무슨 인테리어 축에나 끼겠어요?"
"그걸 아는 녀석이 그런 말을 해? 현재 사장을 상대하는 일이라고. 경험이 없으면 안 돼!"

그에게 검지를 흔들어 보였다.

"그때랑은 저도 많이 다르죠."

"뭐가?"

"저, 유럽물 좀 먹은 놈입니다. 제 눈이 얼마나 높아졌는지 아세요?"

어이없다는 얼굴로 그가 말했다.

"하지만 녀석아. 실전에 쓰려면……."

"걱정 마세요. 여기 싸인 받아오면 되는 거죠?"

"허! 그렇게 쉬운 일이 아니래도."

성훈이 도면을 챙겨 들고 일어섰다.

"어디 가?"

"쇠뿔도 단김에 빼랬다고. 지금 바로 출발할게요."

'확신이 있으니, 하는 일이겠지.'

그렇다고 성훈의 확신이 자신의 확신도 되는 것은 아니었다.

나가는 성훈의 뒤통수에 대고 고함을 질렀다.

"졸작이라고 대충 하면 죽는다!"

"별 되도 않는 걱정을. 제가 대충하는 거 보셨어요?"

드르륵. 쿵.

'대충 안 해도 문제잖아!'

다시 고함을 질렀다.

"고집 세우다, 사장이랑 싸우지 말고!"
복도에 울리는 성훈의 목소리가 점점 멀어져 갔다.
"알았다구요."
한 교수가 입맛을 다셨다.
"벌써 여섯 번이나 뺀찌를 먹었네. 그 양반 설득시키는 게, 쉽지는 않을 거야."

사장실에서 나오는 곽 이사가 보였다.
그는 나를 보리라고는 예상하지 못했던 모양인지 주변을 휙휙 둘러보고는, 빠른 걸음으로 다가왔다.
목소리를 깔며 물었다.
"성훈 님. 여기는 어쩐 일이십니까? 울산에 내려가신 것 아니셨습니까?"
"아! 한 교수님이 사장님 별장 설계를 맡으셨는데, 그 건 때문에 왔습니다."
"아! 별장이요? 사장님의 기대가 크시죠. 그런데 성훈 님께서는 관여하지 않는 거로 알고 있었습니다만……."
"그렇게 됐습니다. 마무리만 제가 하는 거로요."
그는 고개를 끄덕이며 수긍했다.
"역시 그래야죠. 마무리가 가장 중요하지요. 비중 있는 사람이 마감해야지요."
여전히 그는 나를 대단한 사람으로 생각하고 있었다.

물론 나는 그런 상황이 좋았다.

내가 회사에서 일할 때, 내 편의를 봐줄 수 있는 자리에 있었으니까.

적어도 내 입장을 한 번 더 생각해 주겠지.

'일할 때 제일 먼저 부딪치는 게 결재라는 진입장벽이지.'

그 단계가 적을수록 일의 속도는 빨라진다.

'자리를 잘 잡아가고 있나?'

시간이 약간 남았기에, 근황을 물었다.

"잘 지내시고 계신 거죠?"

"저야 성훈 님 덕분에 잘 지내고 있습니다. 특히나 박람회의 대성공과 압둘 왕자의 방문은 그야말로 압권이었습니다."

"그런가요? 회사에서 인정받으신 모양이죠."

내 말에 곽 이사는 목에 힘을 주고 말했다.

"금년 중순 즈음에는 전무로 승진하지 않을까 싶습니다."

"희소식이네요."

"하하하. 이게 다 성훈 님의 배려 덕분이라 생각합니다."

큰 목소리를 낼 수 없었기에 망정이지, 로비가 아니었다면 절이라도 할 기세였다.

"곽 이사님께서 노력해 주신 덕분이죠. 그게 꼭 제 덕이겠습니까?"

"하지만 성훈 님이 아니었다면, 절대로 불가능한 일이었지요. 앞으로 이 곽순일! 성훈 님의 하시는 일이라면 제일 앞장서서 견마지로를 다하겠습니다."

잘 되고 있다는 소식에 마음이 놓였다.

"양 이사님은요?"

"아! 그 친구도 지금 승승장구 중입니다. 사장님께서 설계 쪽에 신경을 많이 쓰시니까요. 아무래도 양 이사가 그쪽으로는 전문이지요."

조용히 고개를 끄덕였다.

'두 분 다 자리를 잡아가시는 모양이네.'

당장 회사에 입사하더라도, 어느 정도 운신의 여유가 생기겠다는 예상이 들었다.

곽 이사가 심각한 표정으로 물었다.

"참! 그 소식 들으셨습니까?"

"무슨 소식 말입니까?"

"서 전무와 최 이사가 조만간 돌아올 것 같습니다."

갑자기 뜬금없이?

'최 이사야 알지만, 서 전무는 누구야? 그리고 그게 나랑 무슨 상관이라고, 회사 소식을 묻는 거지?'

그에게 되물었다.

"서 전무가 누굽니까? 제가 아는 사람입니까?"

"그 왜? 성훈 님께서 알래스카로 보냈던 그······."

"네? 제가 알래스카를 보냈다고요?"

"아! 참! 모르시겠군요."

말실수를 깨달았던지, 곽 이사가 스스로 입을 막았다.
"혹시 시간이 되십니까? 제 방에 가서……."
시계를 들여다보니, 약속 시각이 채 5분이 안 되게 남아 있었다.
"아뇨. 길게 말할 시간은 없어요. 왜요?"
"아닙니다. 그 건으로 긴히 드릴 말씀이 있습니다. 양 이사와 대기하고 있을 테니, 일 보시고 가시기 전에 전화 한 번 주십시오."
그에게 인사를 하고, 사장실로 들어갔다.

여자 비서 두 명이 책상에 앉아 있다가, 내가 들어오는 모습을 보고 고개를 갸웃했다.
"퀵서비스이신가요? 아래 데스크에 맡겨두시면 되는데……."
그러면서도 서류를 받으려는 건지, 자리에서 일어났다.
꼿꼿하게 펴진 허리에, 깔끔한 투피스 정장!
흠잡을 구석이 하나 없는 완벽한 오피스 레이디.
칼 같은 자세지만, 얼굴에는 미소가 어려 있었다.
"제게 주시면 됩니다."
내 옆구리에 끼고 있는 서류를 가리켰다.
진 차림에 서류봉투를 들고 있으니, 퀵 회사 직원으로 보였던 모양이다.

슬쩍 웃으며 말했다.
"사장님 자택 건으로 방문했습니다."
자신의 예상과 달랐던지, 놀라는 표정이었다.
앉아 있던 여비서가 그제야 고개를 들었다.
그녀가 선임인 모양이었다.
서 있는 나를 보며 힐끗 보며 말했다.
"교수님이나 관계자가 오시는 거로 알고 있었습니다만, 제가 잘못 알고 있었던 건가요?"
오해하는 것을 보니, 한 교수가 딱 집어서 나라고 말을 하지는 않은 모양이었다.
그녀가 일어서며 말했다.
"서류를 건네주세요. 제가 전달해 드리겠습니다."
손을 내미는 그녀의 눈을 직시하며 말했다.
"아뇨. 직접 뵙고 말씀드려야 합니다."
"……."
"한 교수님께 전권을 위임받았습니다. 확인해 보셔도 됩니다."
일 얘기 하러 왔다.
학생이면 어떻고, 교수면 어떻겠는가?
선임 비서가 돌아서며 말했다.
"사장님께 여쭤보겠습니다. 잠시만 기다려 주십시오."
그리고 다시 뒤돌아섰다.

"성함이 어떻게 되시는지요?"

그녀가 안으로 사라지고, 후임 여비서가 물었다.

"학생으로 보이는데요?"

선임보다 좀 더 어리고, 생기발랄해 보였다.

"3학년입니다. 문제가 있습니까?"

"아까는 착각해서 미안해요. 여긴 맨날 정장 입은 이사님들만 오시거든요."

사과한 그녀가 말을 이었다.

"그런데 전혀 주눅 들어 보이지 않으시는데요?"

"죄지었습니까? 일 얘기를 하러 왔을 뿐입니다."

그녀가 피식 웃었다.

"댁보다 더 높은 이사님들도 이 앞에서는 넥타이를 고쳐맨다고요."

긴장하라는 그녀의 말에 오히려 셔츠 맨 윗단추를 끌렀다.

'긴장해서는 안 되지!'

사장의 눈이 높다고 들었다.

오늘은 설계자와 고객의 관계로 방문했다.

그의 마음에 쏙 드는 디자인을 해보겠노라고 한 교수에게 큰소리까지 치고 왔다고.

완전 설득은 안 되더라도, 그의 취향은 완벽하게 파악을 해야 했다.

"어머!"

그녀가 황당하다는 표정을 지었다.

넥타이를 졸라매라 했더니, 단추를 풀고 있으니 황당한 모양이었다.

그 사이 안으로 들어갔던 선임 비서가 밖으로 나왔다.

"일단 안으로 들어오시랍니다."

그가 진짜 유럽풍의 안티크를 좋아한다면, 나는 자신이 있었다.

유럽 여행을 처음 시작했을 때 눈에 들어왔던 건 온통 가구뿐이었다.

지난 삶에서 가구로 먹고살았던 탓이리라.

'다른 건 몰라도, 가구는 자신 있다고. 당신의 취향이 나로 바뀌게 해주지!'

"네!"

속으로 각오를 다지며, 열린 문을 향해 걸었다.

들어서는 나를 보며, 사장이 의자에서 일어났다.

"자네가 올 줄은 몰랐다네. 이리 앉게나."

그가 인터폰으로 차를 시키고 말했다.

"이번 박람회는 정말 성공적이었어. 고생이 많았네."

"감사합니다."

"덕분에 좋은 인재들도 영입하게 되었고 말이야. 참! 자네는 언제쯤 들어올 생각인가?"

"일단 이 일을 처리하고 생각하기로 했습니다."

"호오. 그런가?"

잠깐 동안 서로의 안부를 물으며 인사치레를 했다.

하지만 박람회는 이미 끝났고, 결과까지 다 정해졌다.

굳이 내 얼굴을 금으로 덧칠하고 싶지 않았다.

바로 일 이야기로 들어갔다.

"별장의 인테리어 아이템들이 마음에 들지 않으신다는 말씀을 들었습니다."

"사람 참! 성격 급하기는."

그러면서 그는 내 말에 수긍했다.

내려놓은 카탈로그들을 뒤적거리며, 그가 말을 이었다.

"자네가 디자인에 소질이 있다는 건 나도 안다네. 예전의 몰딩 건과 이번 박람회만 봐도, 알 수 있지."

'무슨 말을 하려고 이렇게 뜸을 들이는 거야?'

사장이 카탈로그에서 눈을 떼며 물었다.

"그리고 나도 자네가 뛰어난 인재라는 건 알아."

뜸 들이는 그에게 물었다.

"허심탄회하게 말씀을 해주시지요."

"한 교수가 무슨 생각으로 자네를 보냈는지 모르겠군. 분명히 정통 유럽풍으로 해달라고 했는데."

"모두 정통 유럽풍이 맞습니다만."

"하지만 이건 아니질 않나? 한 교수가 나를 설득하고 오라고 하던가? 자네가 가면 내가 적당히 알아서 고를 거라고 생각했던 것 아닌가?"

그의 말꼬리에는 불쾌감이 묻어 있었다.

말도 안 되는 의문을 가지는 그에게 물었다.

"왜 그렇게 생각하시는 겁니까?"

"지금까지 자네가 해온 것들과 궤가 다르지 않나? 전통건축에만 매진해 온 자네가 내게 아이템들을 골라주겠다고?"

왜 전통건축, 한 가지만 했다고 생각하는가?

도리어 기분이 상한 내게 그는 말을 이었다.

"자네가 그럴 정도의 안목이 있을까?"

씁쓸한 미소를 지으며 말했다.

"오해를 하셨군요. 사장님."

"무슨 오해 말인가? 내가 사적인 호감과 일을 구분하지 못하는 사람으로 보이는가?"

그는 한 교수와 똑같은 오해를 하고 있었다.

내가 서양의 가구들은 잘 알지 못하는 것으로 말이다.

'서양 가구에 대한 트레이닝은 충분히 되어 있다고.'

타이타닉을 보면서 나왔던 인테리어들, 기억에 남는 모든 것들을 그림으로 옮겼다.

그리고 책자의 인테리어들은 어떻고, 여행을 하면서도 특색 있는 소품들은 모두 내 스케치북에서 선으로 묘사되어 있었다.

모두 나만의 방식으로 말이다.

입술을 지그시 깨물며 물었다.

"확인해 보시죠? 안목이 있는지 없는지?"

"어떻게 말인가? 가구 박물관이라도 갈까?"

무슨 수로 확인할 거냐고 묻는 사장이었다.

"그럴 필요까지야 있을까요?"

손잡이가 나열된 카탈로그를 펼쳐 들었다.

⟨E-013⟩

로코코 풍의 황동 도금이 된 금속 손잡이였다.

"한 교수님은 이걸 거실 장식장에 부착하는 거로 추천하셨습니다."

그가 말없이 고개를 끄덕였다.

"하지만 마음에 안 드신다고요?"

"그랬네!"

내 말투가 따지듯이 들렸던지, 그의 목소리도 한 옥타브가 올라갔다.

"그 이유가 뭔지 물어도 되겠습니까?"

그가 작게 한숨을 내쉬며, 소파로 몸을 기댔다.

"내 이렇게까지는 말 안 하고 싶었는데, 그 손잡이 세산건설 사장 별장에 있는 거야! 마음에 들기는 하지만, 그 친구랑 똑같은 걸 하라는 말인가?"

"이유는 그것뿐입니까?"

"아니 또 있네. 보기에는 좋은데, 실제로 써 보면 뭔가 딱 붙는 느낌이 안 난다고!"

하나에 100만 원을 호가하는 손잡이였다.

그런데도 마음에 들지 않는다고 말하고 있었다.

'후. 부자들의 욕망이란.'

딱 제 손에 쥐었을 때 마음에 들어야 하지.

그리고 다른 사람이 가지고 있어서도 안 되고.

까다롭기 그지없지 않은가?

이러니 한 교수가 머리를 싸매 쥐었겠지.

성훈은 도면을 뒤집고, 상의 포켓에 끼워둔 제도 샤프를 꺼내 들었다.

A3 하얀 종이 위에 선들이 지나가고, 음영이 그려지면서 손잡이 하나가 완성되었다.

잠깐 사이에 생겨난 손잡이에 사장의 시선이 고정되었다.

당장에라도 튀어나올 것 같은 입체감이었다.

하지만 성훈은 샤프를 꼬나쥐고, 턱을 긁고 있었다.

사장은 안중에도 없다는 듯이.

"흠. 이 손잡이에서 그립감을 좀 더 살리고 싶다는 말씀이시죠?"

"응. 그렇지."

사장은 흥미로운 눈으로 고개를 끄덕였다.

성훈이 혼잣말하듯 읊조렸다.

"사장님. 제가 예전에 유럽 여행을 하다가, 쾰른 대성당을 방문한 적이 있습니다."

입으로 말하는 사이에도 종이 위에서는 손이 부지런히 움직이고 있었다.

엇! 하는 사이에 또 하나의 손잡이가 그려졌다.

처음의 것과 똑같은 디자인이지만, 길이가 좀 더 길었다.

사장이 의아한 시선이 성훈의 눈과 손을 오갔다.

'녀석이 지금……'

허나 성훈은 전혀 답해 주고 싶은 생각이 없어 보였다.

그저 샤프를 옆으로 뉘이고, 심을 가는 것에만 집중하고 있었다.

날카롭게. 이 이상 날카로울 수 없을 정도로.

'뭘 하려는 거지?'

하지만 사장은 묻지 않았다.

그와 동시에 샤프가 종이 위를 흐르듯 지나간다.

아쉽게도 사장이 보기에는 별다른 변화가 없어 보였다.

'대체 뭘 하자는 건가?'

의아한 가운데, 성훈의 혼잣말이 이어졌다.
"그때, 사제실을 방문해 본 적이 있어요."
"응. 그런데?"
그 사이 한차례 흐름이 끝났는지, 성훈이 다시 샤프심을 갈았다.
'이게 지금 뭐하는 거지?'
육안으로 보기에는 손잡이가 약간 어두워진 정도?
속에서 부아가 치밀어 올랐다.
'고작 이런 걸 보여주려고, 내 시간을 낭비한다는 말인가?'
끓는 속을 누르며, 결과를 기다렸다.
'한 번만 참아주지. 이번에도 이런다면 아무리 너라도 참을 수 없지!'
날카로워진 샤프가 아까의 흐름 위를 스치듯 덮어 갔다.
그리고 서서히 뭔가가 보이기 시작했다.
다시 한 번 성훈이 중얼거렸다.
"문을 여는데, 손에 착 감기더라는 말이죠. 믿기 어려웠죠. 수백 년이 지났을 텐데."
성훈의 말을 건성으로 들으며, 손잡이의 변화에 집중했다.
"그랬나? 그래서?"
"사람의 손때가 타서 반들반들해야 마땅한데, 그렇지 않으니, 궁금했죠. 왜 그런지? 사장님은 아시겠어요?"
성훈의 물음에 사장이 고개를 들었다.

왜인지 눈을 보면 답을 알 것 같은 느낌?

성훈이 말했다.

"손잡이에 이런 미세한 홈들이 있더라고요."

"아! 그래. 엇!"

성훈의 답을 듣느라, 잠시 시선을 뗀 사이에 손잡이가 완성되어 있었다.

'어떻게! 이럴 수가!'

아무것도 보이지 않았던 첫 번째 손길은 두 번째 터치를 위한 복선이었던 모양이다.

미세한 물결 홈들이 살아 움직이듯 파도치며, 손잡이 속으로 파고들어 있었다.

마치……

처음부터 그랬던 것처럼.

머리를 얻어맞은 충격에 멍하니 있는데, 성훈이 고개를 들며 물었다.

"뭐 급하게 그리느라 대충 했는데, 이 정도면 될까요?"

"사장님! 이 정도면 되겠냐고요?"

사장이 뜨끔 놀라며 고개를 들었다.

손잡이를 보느라 머리를 숙이고 있다는 것도 모르고 있었다.

추태를 보이지 않기 위해, 사장은 가까스로 근엄한 표정을 지었다.
 하지만 속으로는 경악을 금치 못했다.
 '뭐야! 이런 괴물 같은 놈이 다 있어?'
 부지불식간에 새로운 디자인 하나를 뽑아냈다.
 베이스가 있었다고는 해도, 새로운 손잡이에서는 전혀 원본의 향기가 나지 않았다.
 '그냥 숫제 다른 디자인이잖아!'
 원본을 뛰어넘은 모방은 존재하기 어렵지만, 뛰어넘으면 새로운 디자인으로 인정받는다.
 대충 비슷하기라도 해야 시비를 거는 법이지, 이렇게 몇 발짝이나 앞으로 나가버리면, 복사니 모방이니 할 끈덕지기가 없어진다.
 '그걸 5분도 안 되는 사이에……'
 옛날이야기 몇 마디 하는 사이에 새로운 디자인이 나왔어요!
 누가 믿겠는가?
 이런 말을.

 물결치듯 자유로운 선이 만들어낸 홈!
 일정해 보이지만, 자세히 들여다보면 전혀 다르다.
 홈의 강약이 눈으로 느껴진다.
 요철의 변화가 직접 손에 닿는 듯, 간지러운 느낌마저 느껴졌다.

'이러니 세월이 지나도, 그 느낌이 살아 있었던 모양이로군.'

손가락이 많이 닿은 부분은 마모가 빠를 것이다.

하지만 이런 형태라면?

적어도 수백 년은 그 느낌을 유지하겠지.

어떻게 아느냐고?

'꼭 만져봐야 아는 게 아니지. 손으로 쥐면, 저 홈들이 내 지문 사이를 파고들 것 같다고.'

손잡이를 뚫어져라 바라보며, 전율했다.

척하면 척!

'그 의미가 뭔지, 오늘에야 알았군.'

하나에 100만 원 넘는 손잡이를 쓰면서도, 뭔가 모르게 아쉬웠던 부분들!

그동안 회사의 무수한 디자이너들도 찾아내지 못했던 답을.

짚어내는 정도가 아니라, 아예 실제로 구현해 놓았다.

거듭된 연구 끝에 나온 해답이라면 이해라도 하련만.

'허! 이거 참!'

속절없이 입을 다문 채, 마른 침을 삼킬 뿐이었다.

"그렇게 마음에 안 드세요?"

다그치는 성훈의 물음에 다급히 답했다.
"아, 아니! 괜찮군."
"나중에 마음에 드니 안 드니, 한 교수에게 타박하지 마시고, 마음에 안 드는 부분이 있으면 지금 말씀하세요. 바로 수정해 드릴 테니까."
뭐라고 말할 것인가?
당장에라도 손에 쥐어보고 싶은 손잡이가 나왔는데.
만족도 이런 만족이 없다.
허나 견물생심이라 했던가?
'금세 이런 걸 만들었는데, 다른 디자인도 나올 수 있지 않을까?'
선택의 폭은 넓을수록 좋았다.
자랑할 것을 생각하니 속으로 고소가 지어졌다.
'세산 권 사장! 흐흐흐. 나한테 그렇게 자랑을 했으렷다.'
그에게 말할 수 있을 것이다.
네놈은 돈지랄을 했지만, 내 별장은 다르다고.
생각만 해도, 통쾌한 일이 아니던가?
사장이 물었다.
"혹시 이것 말고 다른 디자인은 없겠나?"
"어. 그럼……."
성훈이 미간을 찌푸리며 말을 이었다.
"역시 마음에 안 드시는군요."

쓸쓸한 듯 입맛을 다시며, 손잡이를 그린 종이를 집어 들었다.

사장이 의아해하며 물었다.

"뭐, 뭐하려고?"

"찢어버려야죠. 역시 이건 아니었어."

"잠깐!"

"왜요? 이런 거 남겨봤자. 베꼈다고 욕만……."

"베끼기는 누가 베꼈다고."

택도 없는 소리를 한다며, 그는 성훈의 손에서 종이를 채갔다.

"이게 무슨 짓입니까?"

사장의 돌발적인 행동에 성훈이 불쾌한 표정을 지었다.

'이런 걸작을 찢으면 안 되지?'

허나 작품의 권리는 어디까지나 만든 자에게 있는 법.

사장이 어색하게 눈웃음쳤다.

"아니, 아직 자세히 못 봐서 말일세."

허나 성훈의 입에서 좋은 소리가 나올 리가 있나?

"무슨 소리세요. 아까 그렇게 뚫어져라 보시더니!"

다급히 성질 내는 성훈을 달랬다.

"아닐세. 지금 보니 딱 마음에 들어. 음. 좋아!"

만족감을 표시하기 위해, 사장은 엄지를 척 치켜세웠다.

하지만 성훈은 아직 미심쩍은 모양.

"정말입니까?"

화를 누그리는 모습을 보며, 작게 안도의 한숨을 쉬었다.

'저놈이 어떤 놈인지 잊고 있었어.'

제 마음에 안 들면 몇억을 준다고 해도 팔지 않는 놈이라는 것을 말이다.

하지만 어쩌랴?

마음에 쏙 드는 작품이 사라지게 생겼는데.

'이렇게라도 안 하면 당장 찢어버릴 것 같다고.'

지가 그린 거, 지가 마음에 안 들어서 찢겠다는데 무슨 권리로 그럴 막느냐는 말이다.

레오나르도 다빈치가 찢어버린 작품만 모아도 한 수레가 넘는다고 했다.

그게 지금의 가치로 따지면, 얼마의 가치가 있을까?

어쨌거나 만족한다는 사장의 말에 성훈은 마음을 가라앉혔다.

귀찮은 일을 하나 줄일 수 있으니 그것으로 만족했다.

고개를 끄덕이며 말했다.

"그럼 이 손잡이는 이렇게 가시고, 나머지도 이런 식으로 하시면 되겠네요."

"나머지를 이런 식? 이렇게?"

손잡이를 가리키는 그에게, 성훈이 손사래 쳤다.

"에이, 설마요. 똑같이 하면 재미없잖아요."

"그럼 어떻게 하라는 거야?"

"사장님 회사에 디자이너들 많잖아요. 그분들 모두 디자인에는 도가 트신 분들이잖아요."

사장이 입술을 깨물었다.

'그렇지. 박사 학위를 딴 인재들이 득시글하지.'

하지만 한 가지는 확신할 수 있었다.

'네 녀석 같은 사람은 없지.'

누가 이렇게 가려운 곳을 긁어준다는 말인가?

마치 머릿속에 들어갔다 온 것마냥, 가타부타 설명이 필요 없을 정도였다.

'잡는 느낌이 별로더라.'

이 단순한 한 마디였다.

그걸로 이런 작품을 만들어 내다니!

단 한 번도 느껴본 적 없는 전율이었다.

성훈의 말에 사장이 헛웃음을 터뜨렸.

'허! 이런 걸 보여주고는, 다른 녀석에게 디자인을 맡기라고?'

그럴 수는 없었다.

'역시 이 녀석이어야만 했어!'

세산의 권 사장에게 체면을 세우기 위해서는 반드시 그래야만 했다.

왜 내가 한 교수에게 설계를 맡겼는데?

건설 회사에 설계팀이 없어서 그랬을까?

그럴 리가!

사장도 나름대로 계산이 있었다.

'지금까지 한 교수는 항상 성훈이와 공동설계를 했다고.'

별장 설계를 맡길 때만 해도, 당연히 그럴 거라고 예상했다.

하지만 예상했던 결과가 나오지 않았다.

설계가 거의 완성되었을 때에야, 도면에 성훈의 이름이 없음을 알았다.

의아해진 사장이 물었다.

'왜 성훈의 이름이 없는 거요?'

한 교수는 성훈이 박람회 일로 바빠서 하지 못했다고 답했다.

하지만 어쩌랴!

성훈이 때문에 당신에게 맡겼다고는 죽어도 말할 수 없지 않은가?

한 교수의 자존심은 둘째 치고, 대한민국 최고 건설사의 사장이 아직 건축사 자격도 없는 학생에게 설계 의뢰를 맡길 수는 없었으니까.

일개 학생에게 현재건설이 설계를 의뢰한다?

그건 파격이 아니라, 체면이 상하는 일이었다.

물론 결과는 좋게 나왔다.

한 교수는 실력도 좋았지만, 유럽 디자인에 견문이 넓었다.

그리고 무엇보다 디자인에 대한 접근 방법 자체가 한국 사람과 달랐다.

'하지만 내가 원했던 건, 압둘의 몰딩 같은 유니크함이었다고. 지금 이런 거 말이야.'

성훈은 매정하게 선을 그었지만, 사장은 그를 눈앞에서 놓치기 싫었다.

'이런 걸 보여주고는 다른 사람에게 맡기라니.'

가구 디자인에 대해 사내 디자인팀에게 의견을 물어보지 않은 것도 아니었다.

허나 그들의 답은 너무나 일관적이었다.

'외국의 유명 장인이 만든 제품입니다. 여기서 뭘 더해서도, 빼서도 완벽함이 사라집니다. 죄송합니다. 사장님! 저희로서는 손댈 재간이 없습니다.'

이게 무슨 다빈치의 작품이냐?

스트라디바리우스라도 되는 거냐?

하지만 손댈 재간이 없다는데 뭐라고 하겠는가?

스스로 능력이 된다면 바꿔 보겠지만, 그 또한 불가능한 일이니 포기할 수밖에 없었다.

성훈이 겁이 없어서 그 디자인을 변경했든, 아니면 디자인에서 흠을 발견했든 그건 중요하지 않았다.

'문제는 이 손잡이가 내 마음에 쏙 든다는 거라고!'

사장이 성훈을 설득하기 시작했다.

"기왕 시작한 것, 자네가 마무리 지어주는 건 어떤가?"
성훈이 고개를 갸웃했다.
"무슨 말씀이십니까? 설마 다른 가구들도 이런 식으로."
사장이 밝게 웃으며 고개를 끄덕였다.
"역시 척하면 척하고 알아듣는군."
성훈이 어깨를 젖히며, 황당한 표정을 지었다.
"허! 무슨 말씀이세요? 저희와 계약된 건, 인테리어 설계까지입니다."
"그래도 이렇게 좋은 디자인이 나왔는데, 여기서 관두면 아쉽지 않겠나?"
그건 성훈을 몰라서 하는 소리!
'흥. 내가 뭐가 아쉬워? 당신이 날 무시하니까, 빡쳐서 한 것뿐이라고!'
그리고 이미 실력을 보여줬으니, 자신의 목적은 100% 달성한 셈이었다.
성훈이 빙긋 웃으며 말했다.
"제가 이 손잡이를 손본 건, 사장님께서 하도 답답해하시기에, 이런 식으로 하면 된다고 보여드린 것뿐입니다. 이제부터는 사장님께서 알아서 하셔야죠. 얼른 다른 가구들이나 정해 주시죠. 얼른 돌아가서 한 교수도 도와야 해서요. 시 계획 때문에 바쁘시거든요."
골똘히 생각하는 사장을 종용하며 말을 이었다.

"사장님께서도 바쁘실 텐데, 굳이 이런 걸로 시간 빼앗길 이유가 있겠습니까?"

물론 해 보면 재미는 있겠지!

유명 디자이너들의 작품을 직접 견식하고 거기에 손을 댈 기회도 생길 수 있었다.

'가구 하나가 강남 집 한 채와 맞먹는 가격이라고.'

하지만 내가 왜?

사장이 뭐가 이뻐서!

가구 정도야, 나중에 가구 박람회를 가서 봐도 충분하다고.

그렇다고 성훈이 직접 나서서 해줄 정도로 신세를 진 것도 아니질 않는가?

'당신이 날 만나서 득을 봤으면 봤지, 손해 본 게 뭐 있는데?'

사장이 생각하기에도, 성훈이 코웃음 칠만 했다.

세상천지에 인테리어 하면서, 가구 디자인까지 해주는 곳이 어디 있나?

가구는 기성품을 사든지, 아니면 따로 디자인을 주문하는 것이 상식이 아니던가?

성훈의 눈이 말하고 있었다.

'이 양반이! 어디서 내 밑천을 털어 먹을라고.'

아직 나올 디자인이 많은 것 같은데, 정작 성훈은 미동도 하지 않고 있으니, 사장만 속이 탈 뿐이었다.

차로 입을 축인 사장이 물었다.

"전권을 다 위임받고 왔다고 했던가?"

"네. 왜요?"

"아닐세. 한 교수와 통화를 해봐야 할 것 같아서 말이야."

성훈이 어깨를 으쓱하며 말했다.

"그러세요."

그래 봐야 변하는 것은 없을 것이다.

한 교수도 귀찮은 일을 떠맡기는 싫을 테니까.

'울산시와 하는 것만 해도 눈코 뜰 새가 없을 텐데, 과연 이거에 매달릴 여유가 있을까? 쯧쯧.'

"잠시만 기다리게."

사장이 자리에서 일어났다.

자신의 책상으로 가서 인터폰을 눌렀다.

"정비서. 한 교수 좀 연결해 주게."

잠시 후, 통화가 연결되었다.

한 교수의 목소리가 낮았다.

─한 교수입니다. 뭔가 언짢은 일이시라도······.

"아니오. 전혀!"

─그런데 아까 비서 아가씨 목소리 톤이 좀.

아까부터 심부름꾼 취급하더니, 자기네 사장과 격이 맞지 않는 사람을 보냈다고 한 교수를 타박했는지도 모를 일.

하지만 사장은 한 교수의 말이 끝날 때까지 기다릴 여유가 없었다.

"인테리어 디자인 외에 가구 세부 디자인까지 하고 싶소!"

-네? 그렇게 마음에 안 드십니까?

"그건 아니고, 가구에 한해서만 말이오.

잠깐의 고민 후, 한 교수가 말했다.

-당장은 곤란할 것 같군요. 저도 시 계획 때문에 시간을 내기 어려울 것 같습니다.

성훈을 힐끔 바라보니, 의기양양한 표정이었다.

'거 봐요. 안 된다니까!' 하는…….

그런 성훈을 보며, 사장이 묘한 미소를 지었다.

"거두절미하고 부탁하겠소."

-네? 무슨?

'무슨 말을 하려고, 거창하게 운을 떼는 거야?'

안 된다는 걸 알면서도, 성훈은 사장의 말에 귀를 기울였다.

"성훈 군만 있으면 되오! 그래도 어렵소?"

-성훈이는 왜 그러시는지?

"성훈 군과 몇 마디를 해봤는데, 쏙 마음에 드는 디자인이 나와서 말이오."

곤란해 하던 한 교수의 말투가 확 변했다.

-아! 그렇습니까? 그럼 성훈이와 얘기를 하시면 될 텐데, 굳이…….

"성훈 군이 시 계획 때문에 한 교수를 도와야 한다고 해서, 양해를 구하려고 했던 거지요."

 수화기 너머로 한 교수의 웃음소리가 들렸다.

 -하하! 녀석! 귀찮다고 발뺌하기는……. 그거 녀석이 구라치는 겁니다. 박람회 끝나고 나서 할 일 없으니까, 심심하다고 거기 갔던 녀석입니다.

 "그럼?"

 -맘대로 굴리십시오.

 그 말에 사장이 성훈을 힐끔 훔쳐봤다.

 통화 내용이 들리는 게 분명했다.

 인상을 팍 쓰고 있는 걸 보니 확신할 수 있었다.

 '울산 내려가면, 한 교수가 한바탕 털리겠군.'

 미친개 최 이사도 털었는데, 교수 정도야 일도 아니겠지.

 하지만 사장의 눈에는 생기가 돌았다.

 '하지만 내가 털리는 게 아니잖아!'

 확실하게 한 교수에게 악역을 부여하기로 했다.

 그래서 그에게 다짐하듯 물었다.

 "정말 그래도 되는 거요?"

 뒷감당할 자신이 있느냐는 의미의 물음에 한 교수가 호쾌하게 답했다.

 -성훈이 녀석 졸업학점은 제가 꽉 쥐고 있으니까, 마음에 드는 결과가 나오실 때까지 부려먹으십시오. 아무 걱정 하지 마시고.

어찌나 목소리가 컸던지, 소파에 앉아 있는 내게까지 다 들렸다.

'아쭈! 저 인간이! 나를 아주 팔아넘기는데.'

칠전팔기 어쩌고저쩌고하더니, 현재 사장에게 학을 뗐던 모양이다.

앓던 이가 빠진 듯, 시원하다는 투의 목소리였다.

'사람 부려먹는 데는 도가 텄다니까.'

하지만 그의 이어지는 말에 잠시나마 화를 누그러뜨릴 수 있었다.

─대신 성훈이가 만족할 정도로 비용만 지급해 주십시오. 그럼 됩니다.

사장이 흡족한 미소를 지었다.

"그건 염려하지 않으셔도 되오!"

통화를 끝내고 사장이 내게 물었다.

"이렇다고 하는데, 자네 생각은 어떤가?"

"끄응."

믿었던 도끼에 뒤통수를 까였다. 젠장!

신음성은 내뱉는 성훈을 보며, 사장이 고소를 짓더니 인터폰을 눌렀다.

"정 비서. 삼십 분 뒤에 이사회의 있지?"

─네, 사장님. 이미 이사들 참석 여부 확인 끝났습니다.

"그래? 미안한데, 내일 다시 모이라고 해주게. 갑자기 급한 일이 생겼다고 하고."

-네?

갑자기 스케줄을 바꾸다니!

이런 일은 거의 없었으니, 정 비서는 영문을 알 수 없었다.

"그렇게 됐으니까! 내일 일정 잡아."

-네, 알겠습니다.

사장에게는 성훈에게서 어떻게든 디자인을 뽑는 것이 급선무였다.

겨우 잡아뒀는데, 회의를 다녀오면 이 녀석이 남아 있을까?

이사들은 다시 모이게 할 수 있지만, 성훈은 불가능했다.

짜증 난다고 울산으로 돌아가기라도 해 봐!

물론 전화로 할 수도 있겠지.

그렇게 하면 지금처럼 쏙 마음에 드는 게 나올까?

'절대 아니지.'

스스로 생각해도 확신할 수 없었다.

쇠뿔도 단김에 빼랬다고, 지금이 가장 적절한 타이밍이었다.

'물론 나중에 현재에 입사한다면, 항상 옆에 둘 수 있겠지만, 이놈이 어디 내 뜻대로 움직이는 놈이냐고?'

그는 당장 해치워야 하는 일에 집중하기로 했다.

"그리고 따뜻한 차 두 잔 부탁하네."

-네, 알겠습니다.

성훈이 으르렁거렸다.
"차 말고, 냉수로 주세요. 냉수! 얼음 꽉꽉 채워서!"

가져온 얼음 냉수 한 사발을 들이켰다.
'시원하네.'
차가운 기운이 식도를 타고 내려갔다.
위장이 아릿하니, 짜르르 울려온다.
"후!"
사장이 빙긋 웃었다.
"이제 좀 속이 풀리나?"
"네. 냉수 먹고 속 차렸습니다."
"미안허이. 자네를 놓칠 수가 없어서 그랬으니."
그러며 사장이 말을 이었다.
"자네 시간에 대한 대가는 철저히 지불할 테니, 이번만 내 사정 좀 봐주게. 이런 작품이 나왔는데, 어떻게 내가 자넬 그냥 보내겠나?"
손잡이가 그려진 종이를 흐뭇하게 바라보며, 내게 미소를 보냈다.
'그래! 이왕 하기로 결정된 것, 화를 내 봐야 변하는 건 없지.'
한 교수?

내려가서 응분의 보상을 치러주면 된다.

그래 봐야 잔소리하는 것뿐이겠지만.

허나 냉정히 보면 그는 그럴 자격이 있었다.

내 학교 생활의 든든한 버팀목이었고, 나를 전폭적으로 응원하는 사람이니까.

'아버지나 형이 있었다면, 저런 느낌이겠지.'

내 인생에서 가장 소중한 사람이라면, 단연 한 교수를 첫 손에 꼽을 수 있을 것이다.

'하지만 그건 그거고, 이건 이거죠.'

충분한 보상을 지급하라는 조언을 덧붙였지만, 그건 그가 굳이 말하지 않아도 내가 뜯어낼 참이었다.

'고작 일이백 가지고 생색내려고 하면 다 찢어버릴 테니까.'

일이백?

안 받아도 그만이다.

입이 딱 벌어질 정도의 금액을 불러주지!

"그 말씀 잊지 마십시오. 제 몸값은 비쌉니다."

사장이 여유롭게 웃으며 말했다.

"알지! 얼마를 부르든, 지불하지."

어떤 결과가 나오든, 그가 갈등할 정도의 금액을 부르리라.

하지만!

그러기 위해서는 갈등을 겪을 수밖에 없는 작품을 만들어야겠지.

'크크크.'

속으로 웃음을 지으며, 사장을 바라보았다.

"시작하시죠."

"역시 젊은 사람답군. 행동이 빨라."

"어떤 타입을 원하십니까? 그냥 서양 중세풍으로 만들어 드리면 됩니까?"

사장이 고개를 저었다.

"아닐세. 우리 가족들이 모두 취향이 달라서 말일세. 거실하고 안방은 완전 클래식 타입으로 갈 거고, 아들들 방은 모던 스타일, 딸, 우리 미현이 알지?"

"네. 알죠."

"어떤가?"

"네?"

뜬금없이 자기 딸을 왜 나한테 물어?

"미현 씨가 왜요?"

심드렁한 내 대답에 사장이 물었다.

"여자로 어떤가 그 말이지."

"좋은 여자 같더군요. 그다지 재벌 집 딸이라는 티도 안 내고."

"그렇지? 내 딸이지만……."

뭔가 이야기가 산으로 가는 분위기였다.

'이럴 시간 없다고요.'

그의 말을 자르며 말했다.

"일 이야기를 마저 끝냈으면 합니다. 업무 시간 끝나면 저도 내려갑니다."

"응?"

되묻는 그에게 말을 이었다.

"그 전까지 안 끝나도 제 책임 아닙니다."

내 타박하는 소리에 사장이 움찔하더니 말했다.

"하지만 한 교수가……."

그러니까 그 인간한테 따지러 가야 한다고.

감정이 가라앉지 않았을 때, 따져야 제맛이지.

타이밍 놓치면, 오히려 속 좁은 인간이라고 욕먹는다고.

한 번 식어버린 죽은 어떻게 먹어도 본래의 맛이 안 나는 법이다.

"그건 한 교수 말이고, 하고 안 하고는 제가 결정하는 겁니다."

뜨끔하는 사장을 몰아붙였다.

"정 마음에 안 드시면, 한 교수 불러서 하십시오. 전 당장에라도 손 뗄 테니까."

펜을 탁자에 툭 굴려놓고, 소파에 등을 기댔다.

'이럴 때 아니면, 언제 또 현재건설 사장에게 큰소리쳐 보겠어?'

필요한 사람이 우물을 파지 않던가?

'난 전혀 답답한 게 없다고.'

성훈이 튕기자, 사장의 태도가 돌변했다.

언제 딸 얘기를 꺼냈냐는 듯, 일 이야기를 이어나갔다.

"그러니까. 이 주방은 말이야. 음. 내 안사람이 로코코 풍을 좋아해. 그러니까⋯⋯."

아무 일도 없었던 것처럼 너스레를 떠는 그를 보니, 피식 웃음이 나왔다.

'파는 놈이 갑!'

그건 이런 경우를 말하는 거지.

성질 같아서는 당장 나왔어야 했지만, 한 교수의 체면과 사장의 부탁하는 얼굴을 봐서 남아 있는 거였다.

물론 한편으로는 작품을 만들고 싶기도 했고.

한 교수가 완전히 손을 들었으니, 기존의 디자인은 무시해도 된다는 말이었다.

'내 맘대로 인테리어를 언제 또 해보겠냐고?'

그리고 물주는 현재건설 사장!

마음에만 든다면, 돈 아낄 사람이 아니었다.

자금 부족 때문에 품질을 포기하는 경우가 얼마나 많던가?

지금은 하고 싶은 디자인을 마음껏 시험해 볼 기회였다.

그런 마음으로 사장의 건의사항을 모두 들었다.

사장의 말이 끝나고 성훈이 물었다.

"흠. 그런데 왜 주방과 거실의 대리석은 다른 색으로 하신 겁니까?"

굳이 이어지는 공간임에도 다른 색깔의 돌을 사용했을까?

이질감이 생길 여지를 줬기에 묻는 것이었다.

"공간 분할을 확실하게 하고 싶어서 그런 걸세. 나와 아내의 영역을 명확하게 구분하고 싶었거든."

남자와 여자의 동선이 다르니, 분위기도 다르게 만들고 싶었던 모양이다.

'설마 사모님이 요리를 하시는 건가?'

뭔가 쉽게 이미지가 떠오르지는 않지만, 불가능은 아니지.

단지 이런 생각을 한 건, 드라마에 나오는 이미지 때문이었다.

주로 요리는 가정부 아줌마가 하지 않던가?

하지만 정말 안주인이 요리를 한다면?

그녀의 취향에 따라 주방도 바뀌어야 했다.

확인하기 위해 그에게 물었다.

"사모님께서 요리를 좋아하십니까?"

그는 머쓱하게 웃으며 고개를 저었다.

"크. 그건 아니야. 하고 싶어는 하는데, 영……."

"그럼 왜 이렇게 주방을 크게 하신 겁니까? 별로 쓸모도 없을 것 같은데?"

그가 입맛을 다시며 말했다.

"매번 아줌마가 해주는 밥을 먹으니, 가끔은 아내가 해주는 밥도 먹고 싶지 않겠나? 아니, 그걸 떠나서, 사랑하는 아내가 주방에 있는 걸 보는 건, 모든 남자의 로망이라고. 가끔 가서 앞치마도 둘러주고, 설거지도 도와주고 말일세."

그는 소박한 행복을 원하고 있었다.

하긴!

아무리 대기업의 수장이라고 해도, 집에서는 한 여자의 남편일 뿐이지.

결론은 그냥 이상적인 주방을 만들기만 하면 된다는 거였다.

"그래서 사장님은 사모님께서 주방에서 요리하는 걸 보고 싶다! 그 말씀이시로군요."

"그렇지. 그리고 주방을 아내의 공간으로 인정해 주고 싶은 마음도 있고."

"무슨 말씀인지 알겠습니다. 하지만 구성이 평면적이라 좀 답답해 보이네요. 거기다가 대리석 색깔까지 바뀌니까. 어지럽기도 하고요."

"하지만 어쩌겠나? 똑같은 대리석으로는, 거실의 연장으로 느껴질 뿐인걸?"

그의 말은 일리가 있었다.

성훈이 물었다.

"그래서 공간을 색깔로 구분하셨다는 말이군요."

"그렇지."

도면으로 볼 때는 다른 색깔이니, 더 명료하게 머릿속에 들어오겠지.

하지만 실제로 인테리어를 하고 나면, 그건 어색해지는 경우가 있다.

샘플 비교만으로는 실제 분위기를 완벽하게 떠올리는 것은 거의 불가능에 가까웠다.

지금처럼 단색 톤이 아니라, 대리석 무늬가 있는 경우라면, 그 이질감은 더더욱 심해질 것이다.

'이건 경험이 있다고 해도 자주 하는 실수거든.'

이미 결정하고 돌을 붙인 다음에는 되돌릴 수 없다.

물론 뜯고 다시 할 수도 있겠지만, 그건 낭비가 될 터!

어차피 디자이너야 그 집에 살지 않으니 상관없을 수 있겠지만, 집주인은 그게 눈에 익을 때까지는 어색함을 참는 것 말고는 방법이 없다.

하지만 그런 불편함마저도 제거할 수 있다면 더 좋지 않을까?

"대리석을 하나로 단일화하거나, 아니면 같은 느낌으로 가야 할 것 같습니다. 둘 중에 마음에 덜 드시는 것이 있습니까?"

그는 잠시 고민하더니 답했다.

"음. 꼭 그래야 하는 건가? 나는 둘 다 마음에 드는데. 주방에 들어가는 대리석은 뭐랄까……. 시원한 분위기를 주고, 거실 쪽은 크림색이라서 편안한 느낌이 들거든."

어느 쪽도 포기하기 싫은 모양이었다.

"흠."

공간을 색으로 구분하는 것도 방법이기는 하지만, 꼭 그것만 고수할 필요는 없지 않을까?

더 세련된 방법도 찾아보면 많았다.

"그럼 이렇게 하시죠. 전 아무래도 색깔로 구분한다는 것이 좀 걸립니다."

"다른 방법이 있는 건가?"

"거실과 주방의 높이를 다르게 하면 어떨까 하는데, 어떻게 생각하십니까?"

"응? 그게 무슨 말인가?"

"주방과 거실 사이에 단을 놓겠다는 말이죠."

"응? 계단? 불편하지 않을까?"

"아뇨. 생각하시는 것처럼 불편하지 않습니다. 고작 두 계단이니까요. 하지만 그것만으로도 공간의 구분이 확실하게 생깁니다."

사람의 감각이란 생각보다 단순해서, 단 차가 생기는 것만으로도 다른 공간으로 인식한다.

"아! 거실만 가라앉으면서……."

"네. 주방과도 확실하게 분리가 되죠."

단을 만드는 건 좀 귀찮은 과정이지만, 공간의 분할은 확실하게 될 터!

그에게 말을 이었다.

"그리고 대리석은 두 개가 다 마음에 드신다고 했으니, 모자이크식으로 정리를 해보죠. 색상은 잘 어울리니, 별 무리가 없을 것 같습니다. 재미있는 구성이기도 하구요."

생각지 못했던 제안이었던지, 그는 잠시 눈을 감고 생각에 잠겼다.

성훈이 말하는 거실의 이미지가 머리에 그려졌는지, 그가 눈을 떴다.

"흠. 괜찮은 방법이야."

"이 방법은 현관과도 공간을 분리시키죠. 굳이 중문을 만들지 않고도, 다른 공간이라는 느낌이 드실 겁니다."

"음. 그렇겠군. 자네 말이 맞아. 이렇게 하면, 굳이 다른 색깔로 할 필요가 없겠군. 확실히 눈이 편해질 것 같아."

사장이 손가락을 튕기며 말을 이었다.

"좋아! 아주 좋아! 이건 그렇게 가도록 하지."

사장이 물었다.

"이런 생각은 어떻게 한 건가?"

"예전에 그리스 대부호의 집을 방문했던 적이 있습니다."

"응. 그런데?"

"700년 정도 된 집이었는데, 그 집 인테리어가 아주 고풍스러운 분위기더라고요.

사장의 눈이 동그래졌다.

"뭐? 700년?"

"네. 그 지방에서 조상 대대로 터를 잡아왔다고 하더군요. 그러니 당연히 그런 분위기가 날 수밖에 없었겠죠."

"오! 700년이라니, 우리나라에서는 감히 상상하기 어려운 일이군."

"네. 그래서인지, 집안 분위기가 고전적이었죠."

"대체 뭐 하는 사람들이던가? 귀족 가문이라도 되나 보지?"

성훈이 어깨를 으쓱했다.

"저도 거기까지는 잘 모릅니다. 물어보기가 뭐해서요."

마피아 집안이라고 할 수는 없잖아.

"그런데 그 이야기를 하는 이유는?"

"그때 인상적으로 머리에 남았던 게, 거실과 주방의 분할 방법이었습니다. 똑같은 대리석을 썼는데도, 다른 공간 같은 느낌이라, 자세히 봤더니 단차가 있더라고요. 그리고 불편하지 않을까 했는데, 전혀 그렇지도 않았고요."

"음. 그래서 불편하지 않다고 확신했던 거군."

"네. 맞습니다."

"그럼 시작해 봄세."

사장의 말에 성훈이 제동을 걸었다.

"미리 말씀드리지만, 제가 해드리는 건 디자인까지입니다."

"그렇지. 그런데 그게 왜?"

"평면도, 측면도 이런 거 안 그려드린다는 말이죠."

"그럼 어떻게 하라는 말인가?"

사장이 의아한 시선으로 물었다.

가장 중요한 도면을 그리지 않고, 과연 설계라고 할 수 있을까?

하지만 성훈은 대수롭게 생각하지 않았다.

"투시도로 세밀하게 그려드릴게요. 그럼 그걸로 디자인팀더러 세부 도면 그리라고 하시면 돼요."

일리 있는 말이라 생각했던지, 사장도 수긍했다.

"음. 알겠네. 그렇게 하도록 하지."

"그럼 시작해 볼까요?"

"좋아!"

"지금부터는 잘 따라오셔야 합니다. 사장님께 계속 여쭤봐야 하니까요."

"알겠네. 뭐든지 물어보게."

지금부터가 가장 재미있는 부분이었다.

머릿속에서 아이디어가 떠오를 때, 그때가 가장 즐겁다.

'그 뒤에 도면 그리는 건 막노동이라고.'

중요한 건 디자인을 그림으로 표현하는 것이지, 캐드를 잘하는 것은 아니었다.

성훈은 그게 싫어서 발뺌하는 거였지만, 사장은 그것으로 만족했다.

생산자와 소비자가 합의했는데, 더 무슨 말이 필요하랴!

"이제 공간이 바뀌었으니, 분위기도 한 번 바꿔 보시죠. 거실의 가구는 어떻게 하실 겁니까?"

"음……. 어떤 것 말인가?"

"소파는 가죽으로 하실 건지, 패브릭으로 하실 건지, 생각 나시는 대로 말씀해 주세요. 여기 카탈로그에서 선택하셔도 좋고요."

"손잡이처럼 자네가 그냥 그려주면 안 되나?"

"그것도 뭐 기준이 되는 게 있어야 할 거 아닙니까? 거기서 어떤 변형을 원하시는지 말씀해 주세요. 그편이 시간이 훨씬 절약되니까요."

"알았네."

"그럼 저는 저대로 구도를 잡고 있을게요."

사장이 생각하는 동안, 성훈의 손이 빈 종이를 가로지른다.

가는 선이 획획 몇 번을 지나가고, 빈방이 완성되었다.

한 교수의 도면에 따라서, 창과 복도로 이어지는 공간이 그려진다.

그리고 거실의 공간만 아래로 가라앉았다.

성훈이 물었다.

"이제 여기에 소파를 놓으실 거죠?"

사장이 고개를 끄덕였다.

"응. 그런데 어떤 소파를 놓아야 할지 난감하군. 조언 좀 해주지 그러나?"

왜 그리고 계획이 없으랴?

허나 더 좋은 아이디어가 있는지, 넌지시 성훈의 속내를 캐보는 것이었다.

"가죽으로 하신다면서요? 여기 나와 있는데요?"

"응. 처음에는 그렇게 생각했는데, 지금은 별로 마음에 안 드는군."

생각나는 게 없다는데, 어쩌겠는가?

성훈이 아이디어를 내는 수밖에.

잠시 생각을 하다가 성훈이 말했다.

"음. 그럼 패브릭으로 가시죠. 어중간하게 가죽으로 하면 졸부 분위기가 나거든요."

"흠흠. 그렇지? 나도 그래서 말일세."

순식간에 졸부가 되어버린 사장이 연신 헛기침을 해댔다.

하지만 성훈은 그런 것에 신경도 쓰지 않는 모양이었다.

"기억이 가물가물하기는 하는데, 예전에 독일에서 박람회 할 때, 본 게 있거든요. 그 패브릭 문양이 정말 괜찮더라고요."

"어떤 거기에 그러나?"

문양을 어떻게 말로 설명하랴!

말이 떨어지기 무섭게, 성훈의 손이 거실에 소파를 그렸다.

그리고 세밀하게 문양을 새겨가기 시작했다.

"어떤 느낌인지 아시겠죠."

사장이 말없이 고개를 끄덕였다.

성훈이 그림을 그리며 말을 이었다.

"그 박람회에 나왔던 업체를 찾아보세요. 그럼 금방 찾으실 거예요."

"지금 그리는 것과 똑같은 소파였나?"

성훈이 사장을 힐끔 보면서 미간을 찌푸렸다.

타박하는 목소리로 말했다.

"똑같은 걸 만들 거면, 뭐하러 손 아프게 그림 그리고 있어요? 그냥 그거 사오라고 하죠. 그 회사의 패브릭은 좋았는데, 소파 프레임은 영 아니었거든요. 패브릭만 구입하시면 돼요."

"응. 그러지. 그럼 이 프레임은 어디서 사들이면 되나?"

"이건 파는 데가 없을 거예요."

"그럼……."

"주문제작 하셔야 돼요. 저 아는 분 중에 가구 회사 사장님이 계시니까, 그분께 제가 따로 주문 넣어 드릴게요."

"그분이 누군데?"

"어쩌면 아실 수도 있겠네요. 예전에 압둘에게 팔았던 몰딩 있죠? 그거 만들었던 업체예요."

"아! 민수 학생 아버님?"

"네. 맞아요. 작은 회사지만, 물건은 제대로 만들거든요. 믿고 맡길 만합니다."

사장이 고개를 끄덕이며 수긍했다.

"나도 그 회사 품질은 잘 알지. 압둘 왕자도 아주 만족했었으니 말일세."

사장이 민수를 아는데, 의문을 제기할 수도 있겠지만, 성훈은 그림을 그리는 데만 신경을 몰두하고 있었다.

그리고 다른 종이를 꺼내서, 박람회의 일시와 관련된 정보들을 생각나는 대로 적어 넣었다.

사장은 의문이 들었다.

녀석이 말하는 것마다, 다른 나라의 이야기를 하고 있었다.

'분명 한국에서만 공부한 것으로 아는데?'

여행을 다녀왔다는 것은 알고 있지만, 여행 한 번 다녀와서 이 정도의 지식이 있다면, 그거야말로 다른 사람들을 바보로 만드는 것이 아닌가?

글로 배웠다고 하기에는 깊이가 너무 깊었다.

그가 알기에 성훈은 전통건축에 조예가 깊었다.

과연 한 사람이 여러 가지를 통달하는 것이 가능한가? 서른도 안 된 나이에?

아무리 생각해도 미스터리한 일이었다.

곰곰이 생각하던 사장이 결국 입을 열었다.

"성훈 군."

"네. 생각나신 것 있으세요? 말씀하세요."

그림에서 고개도 돌리지 않고 성훈이 답했다.

"아니. 이건 다른 질문일세."

질문하라며 성훈이 고개를 끄덕였다.

여전히 그의 손은 선 긋기에 여념이 없었다.

선 하나가 지나가면, 가구 하나가 완성된다.

'말이 쉽지. 저게 가능한 일이냐고?'

그의 휘하에 수많은 디자이너가 있지만, 이렇게 수월하게 자신의 생각을 그림으로 표현할 수 있는 사람은 없었다.

그림만 십 년 이상 파고들어야 보일 수 있는 손재간이었다.

"자네, 혹시 유럽의 디자인도 공부한 건가?"

"네."

예상치 못한 말에 사장이 움찔했다.

"그래? 몇 년이나? 한국, 아니, U 대학에서만 공부한 것으로 아는데. 내가 잘못 알고 있는 건가?"

만약 그렇다면 오늘부로 현재건설 인사과장은 당장 목이 달아날 것이다.

'그렇게 돈을 받으면서 일을 이따위로 했으니, 변명의 여지도 없지! 암!'

"아뇨. 두 달씩 두 번에 걸쳐 갔으니까, 한 넉 달 정도 여행했네요."

"넉 달? 유학이 아니라, 여행을 했다고?"

일단 인사과장은 목숨을 건졌다.

성훈이 답했다.

"네, 그랬죠."

성훈은 건성건성 고개를 끄덕이며, 여전히 그림에 몰두하고 있었다.

건방지게 보일 만도 하건만, 사장은 그 모습이 전혀 밉지 않았다.

자신의 별장을 위해 열정을 쏟고 있는데, 그게 미우면 어떡하자는 말인가?

"그런데도 공부를 했다고 말하는 건가?"

"네. 공부한 거 맞는데요? 건축 공부하려고 유럽에 갔었던 거예요."

"그래도 보통 공부라고 하면, 유학이거나 그런 걸 말하지 않는가?"

성훈이 피식 웃으며 말했다.
"뭐 꼭 학위를 받아야 공부한 건가요? 여행하면서도 봐야 할 건 거의 다 보고 왔습니다."
성훈의 말을 믿을 수밖에 없었다.
그의 말을 손으로 증명하고 있는 데야, 무슨 반론을 제기할 것인가?
저 그림에서는 한국 전통의 느낌이 전혀 없었다.
있는 거라곤, 수백 년 묵은 듯한 오리지널 안티크의 모습뿐이었다.
사장이 성훈의 옆모습을 보며, 혀를 내둘렀다.
'이거, 이거, 완전 괴물이잖아!'
사장의 머릿속에서 성훈의 가치가 재평가되었다.
'처음에는 아버지께서 그냥 탐낸다고 생각했는데, 역시 사람 보는 데는 아버지를 따라갈 수가 없군.'
아주 괜찮은 놈에서 아주 아주 괜찮은 인재로 각인되었다.
왜 성훈은 이런 말을 겁 없이 할 수 있었을까?
사장은 모르는 것이 있었다.
성훈과 다른 사람들의 차이점 말이다.
성훈은 여행을 시작하는 출발점부터가 달랐으니까 말이다.
다른 사람들은 가서 여행하면서 건축물을 돌아보는 것이었다면, 성훈은 애초부터 봐야 할 것들을 선별해서 갔다는 정도?

그러나 그 차이는 컸다.

거의 시간 낭비 없이, 모든 것을 머릿속에 넣을 수 있었으니까.

유럽을 오가며 봤던 모든 것들이 성훈에게는 공부였다.

또 다른 점이 있었다.

첫 번째, 한 교수가 건네줬던 가이드북.

그걸 기초로 해서, 여행 경로를 한 치의 낭비도 없이 짤 수 있었다.

두 번째, 어쩌면 이게 가장 큰 차이였을지도 모른다.

지난 삶에서 보아왔던 TV 다큐멘터리들.

건축에의 채워지지 않는 열정을, 그때는 TV로 풀 수밖에 없었던 성훈의 비애를 그 누가 알겠는가?

하지만 그 덕분에 새로운 삶에서는, 시간 낭비 없이 핵심만 보는 눈을 키울 수 있었을 것이다.

사장의 눈매가 꿈틀거렸다.

"어떻게 이럴 수가 있지?"

스스로 눈이 높다고 자부했었는데, 지금 성훈의 손에서 나오는 것들이 그가 한 번도 보지 못한, 아니, 생각조차 못 했던 디자인들이었다.

녀석은 보았던 것들을 변형시킨 거라고 말하고 있었지만, 그는 도저히 그 원형이 뭔지 추측조차 할 수 없었다.

그렇다고 촌스럽냐고?

무슨 소리를!

지금 당장 내다 팔아도, 충분히 고가에 팔 수 있을 정도로 고급스러웠다.

아까의 손잡이만 해도 그렇지 않았던가!

'이태리 장인이 직접 한다고 해도, 그런 디자인은 못 만들 걸! 어느 하나 버릴 게 없잖아.'

스스로 고민이 되는 시점이었다.

'얼마를 준다고 하면, 녀석이 팔까? 적어도 천만 단위는 아니겠지?'

천만 단위를 말하기에는 녀석의 스케일이 너무 컸다.

중동의 두 왕자가 성훈의 작품을 20억에 사네, 30억에 사네 하며 경쟁이 붙었다는 보고도 들어오지 않았던가!

그리고 또 한 가지 걱정.

'저작권은 분명히 안 판다고 할 텐데……. 모른 척 한 번 질러 봐?'

그가 아는 성훈은 징글맞을 정도로 저작권에 집착하는 인간이었다.

슬슬 머리가 아파져 오는 사장이었다.

허나 일회성으로 끝내기에는 아까운 작품들!

한편으로는 흐뭇하게 웃음이 지어졌다.

'세산 권 사장! 네놈이 나한테 그렇게 자랑을 했었지!'

지난날의 부러움이 떠올랐다.

권 사장이 이태리 가죽 소파라고, 돈 주고도 사기 힘든 거라고 얼마나 자랑을 했던가!

'그래 봐야 네놈은 졸부밖에 안 돼! 자식아!'

그의 눈앞에는 돈으로 계산할 수 없는, 아니, 돈 주고도 살 수 없는 소파가 있었다.

이제 막 디자인한 걸, 어디서 산단 말인가?

'다른 놈한테는 다 팔아도, 너한테는 내가 안 판다. 절대로!'

권 사장이 약 올라 하는 모습을 떠올리자, 저도 모르게 웃음이 나왔다.

그와 동시에 자긍심으로 가슴이 뜨거워졌다.

'유일무이한 디자인, 그게 내 별장에서 처음으로 선보이는 거라고.'

성훈의 질문에 답하는 사이, 세 시간이 지나 있었다.

성훈의 말마따나, 퇴근 시간이 다가오고 있었다.

'왜 이렇게 시간이 빨리 가는 거냐!'

가는 시간이 야속했다.

그리고 성훈의 그림도 거의 빈 곳을 찾지 못할 정도로 완성되어 가고 있었다.

6시가 되기 직전, 성훈이 마지막 그림을 완성시켰다.

그가 손에서 펜을 놓으며 말했다.

"사장님. 다 끝났습니다."

"끄응."

사장이 말없이 고개를 끄덕였다.

"마음에 드십니까?"

총 6장의 그림.

거실, 주방, 안방, 서재, 아들 방, 그리고 딸 방.

"아드님들은 각자 취향에 맞게 방을 꾸미라고 하세요. 세 개나 똑같은 방을 그릴 필요는 없을 것 같아서요."

"그렇지."

사장이 말을 이었다.

"마음에 들어. 내가 지금까지 봤던 어떤 별장보다도 말일세."

성훈이 탁자 위에 놓인 주전자를 들어 잔에 차를 따르며 물었다.

"얼마에 사시겠습니까?"

이제 거래의 시간이었다.

노동에 따른 대가를 받는 건, 당연한 일!

하지만 사장은 난감했다.

'이걸 얼마를 불러야 하느냐고?'

그러나 답은 의외로 간단한 법!

모르면 물어보면 된다.

"난 이런 걸 본 적이 없어서, 값을 못 매기겠군. 자네가 제시해 보게."

이제 성훈이 고민해야 할 시간.

그러나 고민은 지극히 짧았다.

"원래 장당 일억씩 부르려고 했는데요. 반나절도 안 돼서 6억을 챙겨 가면, 도둑놈 소리 듣겠더라고요."

"그래서?"

사장의 눈을 보며, 성훈이 말했다.

"거실 한 장에 일억! 나머지는 서비스로 드릴게요."

재미있어 하는 눈빛이었다.

'과연 사장이 어떻게 반응을 하려나?'

성훈의 협상에 사장이 피식 웃었다.

'녀석! 날 간 보는 거냐?'

그가 누군가?

한국에서 돈질에 관해서는, 둘째가라면 서러운 인물 아니던가?

성훈의 눈을 직시하며, 고개를 저었다.

"훗! 서비스 필요 없어. 모두 제값 쳐주지. 이런 작품을 두고 깎아서야 체면이 안 서지."

통이 커도 대단히 큰 인물이었다.

'이 정도는 된다는 인식을 심어줘야지.'

현재에 들어오면 앞으로도 계속 볼 텐데, 쪼잔한 사장이라고 낙인찍히기 싫었다.

'녀석에게 잘못 찍히면, 두고두고 회사 생활이 괴로워진다고.'

6배를 주겠다는데 놀라기는커녕, 오히려 빙긋이 웃고 있었다.

"후회 안 하십니까? 별장 설계비가 5억이라고 들었습니다만."

"후회는 안 해. 다만 아쉬운 건 있군."

"뭡니까?"

"그 금액에 저작권은 포함되어 있지 않겠지."

"네. 당연하죠."

"저작권 판매를 고려해 볼 생각 없나? 적어도 20억 이상은 생각하고 있네."

이 말을 하면서 사장은 성훈의 눈을 주시했다.

약간의 흔들림이라도 있다면, 더 큰 금액을 베팅해볼 생각이었다.

'왜냐고? 이건 황금알을 낳는 거위거든.'

저 디자인을 자신이 아는 몇 명에게만 팔아도 본전 뽑는 것은 순식간이었으니까.

'제 놈들이 이걸 안 사고 배기겠어? 흐흐.'

기대와 달리, 약간의 흔들림도 없었다.

'젠장!'

성훈이 피식 웃으며 답했다.

"저작권은 팔지 않습니다. 방금 말씀하신 열 배를 주신다고 해도."

파고들 여지조차 없었다.

'20억이 뉘 집 개 이름도 아니고, 젊은 놈이 무슨 욕심이 이렇게 없어?'

사장이 씁쓸하게 웃었다.

"쩝. 역시! 그 고집이 어디 가나? 그럼 이제 퇴근하는 일만 남은 건가?"

성훈이 고개를 저었다.

"일억이었으면 맘 편하게 퇴근했겠지만, 이제 그것도 안 되겠네요."

"그게 무슨 말인가?"

얼마가 되었든, 그 돈이 아깝다는 생각이 들게 해서는 안 된다.

오히려 이득 봤다는 느낌이 들게끔 해줘야 한다.

'그게 내 방식이지.'

성훈이 웃으며 말했다.

"나머지 오억만큼의 잔업을 좀 해야겠는데요? 혹시 디자인팀에서 그림 도구들 좀 빌릴 수 있을까요? 캔버스도 있으면 좋고요."

"그건 뭐하러?"

"이건 아무리 봐도 6억짜리로는 안 보여서요. 아쉬움을 남겨서는 안 되겠죠. 좀 더 크고 멋들어지게 그려야 제가 마음이 놓일 것 같습니다."

사장을 보며 말을 이었다.

"그 정도는 돼야 나중에라도 돈 아깝다는 생각이 안 드실 거 아닙니까?"

"그런가? 하하하!"

더 크게 멋있게 그려주겠다는데, 마다할 이유가 어디 있는가?

사장이 수화기를 들었다.

"디자인 팀장한테 그림 도구들 몽땅 챙겨서 여기로 오라고 해! 캔버스도 넉넉하게 가져오고."

-사장님, 이제 나가십니까? 준비는 끝났습니다.

"엉? 무슨 준비?"

-경제인 연합회 만찬 말입니다.

"아! 그게 있었지."

성훈과의 작업에 몰두하다 보니, 다음 일정을 까맣게 잊고 있었던 것이다.

-김 비서도 바로 그곳으로 간다고 했습니다.

사장의 얼굴에 주름이 파였다.

'거기서 꼭 얘기해야 할 안건이 있었는데.'

하지만 그는 성훈이 그림을 그리는 과정을 꼭 보고 싶었다.

연필로 그릴 때도 눈을 떼지 못할 정도였는데, 녀석은 더 크고 멋들어지게 그리겠다고 했다.

이걸 어떻게 놓치란 말이야!

'지금 못 보면 두고두고 후회할 것 같단 말이지.'

마침내 결단을 내렸다.

"부사장에게 연락해서 나 대신 참석하라고 해."

-네? 이번에 꼭 하실 말씀이 있으시다고……. 김 비서도 꼭 챙기라고 신신당부하셨는데.

"됐어. 내용만 전달하면 되는 거야. 내가 아니라도 된다고. 이럴 때 쓰라고 부사장에 앉혀 놨지. 자리 채울 사람이 없어서 부사장 시키는 줄 알아!"

도리어 역정을 내며, 통화를 끊었다.

정 비서가 한숨을 푹 내쉬었다.

"오늘 왜 이러시는지 몰라."

같이 있던 후임도 덩달아 작은 한숨을 쉬었다.

"그러게요. 선배님. 아까 그 젊은이가 보통 사람이 아닌가 봐요."

이렇게 말할 만한 것이, 부사장이 와도 30분 이상은 시간을 내어주지 않는 사장이었다.

그렇게 시간을 금으로 아는 사람이, 성훈이 들어가고 나서는, 모든 약속을 취소하고, 그와의 대화에만 집중하고 있었기 때문이다.

장장 4시간 동안 말이다.

정 비서가 말했다.

"넌 김 비서님께 연락 드려. 약속 취소됐다고."

후임 비서가 울상을 지었다.

"왕 비서님하고 만날 때 전화하면 화내시는데……."

"문자로 넣어. 보시면 연락 주시겠지."

아니나 다를까?

3분이 채 지나기도 전에 연락이 왔다.

-자네들. 일 그따위로 할 건가?

"그게 아니라, 사장님께서……."

-이게 얼마나 중요한 모임인지 알면서, 그걸 설득을 못 시킨단 말이야?

사장의 일정이 어긋난 것에 대한 질책으로 그의 말이 시작되었다.

-그렇게 일의 경중을 몰라? 안 가시겠다는 이유가 뭐야?

정 비서가 울상을 지었다.

'왜 내가 혼나야 하느냐고.'

하지만 곧 숨을 크게 쉬고 말했다.

"정확한 이유는 모르겠습니다."

―자네. 그걸 지금…….

김 비서의 불호령이 끝나기도 전에, 그녀는 재빨리 경위를 보고했다.

"U대학에서 김성훈이라는 학생이 왔습니다. 그 이후로는 모든 약속을 취소하시고, 차 심부름만 시키고 있습니다. 그게 제가 아는 전부입니다."

―응? 김성훈?

"네, 그렇습니다."

―알았네. 내 당장 회사로 복귀하도록 하지.

전화를 끊은 김 비서가 입을 꾹 다물었다.

"역시 사장님이시군. 벌써 안전모를 잡을 생각을 하시다니."

그가 왕 비서를 찾았던 이유도 안전모에 관한 소문을 들었기 때문이다.

'성훈을 잡으면 회장 지분의 10%를 준다.'

그 말도 안 되는 소문의 사실 여부를 확인하기 위해 온 것이 아니던가!

아무리 들어도 헛소리였다.

'어떻게 사람 하나에 경영권이 왔다 갔다 할 수 있냐고!'

그러나 그 말의 근원지가 왕 회장이었다.

사실 확인이 끝나야, 뭔가 계획을 세울 터.

왕 비서가 말했었다.

'자네는 그 자리에 없었으니 믿기 어렵겠지만, 모두 사실일세.'

그 말에 잠시 다리가 휘청거렸다.

'회사에만 입사하면, 외진 현장으로만 굴리겠다고 마음먹고 있었는데.'

그가 성훈을 얼마나 미워했던가!

그런데 이제 성훈의 눈치를 봐야 하는 상황이 되었다.

허나 자신의 감정보다 모시는 자의 미래를 생각해서 움직이는 것이 충신이라 했다.

"이런 걸 보고 이심전심이라 하는 거지."

사장은 그가 조언하기도 전에 이미 움직이고 있었다.

이 얼마나 믿음직한 상관인가!

흐뭇한 얼굴로 차에 시동을 걸었다.

"잠시만 기다리십시오. 사장님. 제가 갑니다."

성훈이 어떤 미운 짓을 해도, 웃는 얼굴로 받아주리라.

입술을 오물딱거리며, 룸미러로 얼굴을 확인했다.

사람을 기분 좋게 하는 미소가 거울에 보였다.

"이 정도면 충분하겠지."

디자인팀 최 팀장이 물었다.

"사장님."

"응. 왜 그러나?"

그림 그리는 성훈을 뚫어지게 지켜보던 사장이 건성으로 대답했다.

"괴물이네요."

그 질문에 웃지 않을 사람이 누가 있으랴!

"훗! 자네가 봐도 그렇지?"

사장은 웃음기를 머금었지만, 팀장은 진지했다.

"제 상식으로는 이해가 가지 않아서 말입니다. 저 정도 실력이면, 미술 쪽에서 벌써 이름을 날렸을 텐데, 저는 모르는 녀석 같아서 말입니다."

"그래? 그 정도로 실력이 있다는 건가?"

자꾸 말을 돌리는 사장 때문에 팀장은 애가 닳았다.

"말씀 좀 해주십시오. 하다못해 어느 미대를 나왔는지 만이라도."

사장이 정체도 모르는 사람을 이렇게 쓸 리가 없다는 확신에서 묻는 것이었다.

하지만 사장은 팀장에게 빙긋이 미소 지으며, 고개를 저었다.

'네 예상이 틀렸어!'라는 웃음을 띤 채.

"사장님. 자꾸 이렇게 놀리시기입니까?"

어디서 이런 괴물이 튀어나온다는 말인가?

미술로 유명한 H대를 졸업한 팀장이었다.

그림으로는 누구에게도 꿇린다고 생각해 본 적이 없었지만, 성훈은 차원이 다른 그림을 구사하고 있었다.

"저거 미술 하는 놈 아니야."

"네?"

최 팀장이 놀라며 반문하며 말을 이었다.

"그럴 리가요. 손놀림이 예사롭지 않은데요. 표현하는 방식도 그렇고. 전공자가 아니면……."

"훗. 아니라니까."

"말도 안 됩니다. 배우지 않고서야 어떻게 저런 게 가능하다는 말입니까? 안 그래? 김 대리?"

대답을 해야 할 김 대리는 일언반구 말도 없이, 성훈의 그림만을 주시하고 있었다.

아까의 상황이 떠올랐다.

성훈이 가져온 캔버스를 이젤(A 모양의 캔버스 받침대) 위에 떡하니 걸쳤다.

그림 꽤나 그려본 듯, 익숙한 손놀림이었다.

화구를 건네주고 탁자 위로 눈을 돌린 최 팀장의 눈이 반짝거렸다.

"사장님. 이거······. 저 친구가 그린 겁니까?"

"응."

"좀 봐도 될까요?"

"보는 건 좋은데, 상하지 않게 조심하라고."

차마 6억짜리라는 말은 하지 못했다.

팀장 연봉이 일억도 안 되는데, 얼마나 위화감을 느낄 것인가?

그저 '찢어지기라도 하면 어떡하나?' 하며 속으로만 조바심낼 뿐이었다.

최 팀장이 물었다.

"어때?"

"오! 실력 죽이는데요. 선이 두 번 간 곳이 없네요. 전부 한 번에 좍좍! 제대로 배웠네요."

그림을 평가하는 김 대리에게 핀잔을 주며 말했다.

"이 친구야. 껍데기 말고, 알맹이를 보란 말이야. 이런 디자인 본 적 있어?"

"엇! 정말이네요. 삼박한대요."

그리고 수다쟁이 김 대리는 말이 없었다.

'그래. 할 말이 없겠지. 처음 보면 삼박하지만, 조금만 자

세히 들여다보면, 이게 얼마나 대단한 건지 알게 되니까.'

김 대리의 반응은 그의 예상대로였다.

오는 내내, '사장이 무슨 그림이냐!'며 투덜거리던 것과는 전혀 다른, 진지한 분위기!

화구 정리가 끝났는지, 성훈이 그림을 그리기 시작했다.

그 모습에 화들짝 놀란 사장이 물었다.

"성훈 군. 이거 안 보고 그려도 돼?"

"네? 뭘요?"

"이 그림들 말일세."

사장은 김 대리가 손에 든 A3용지를 가리키고 있었다.

무슨 말을 하나 싶어 힐끗 바라보던 성훈이 다시 캔버스로 고개를 돌리며 말했다.

"괜찮습니다."

"그래도 보고 하는 게 낫지 않겠어?"

"이미 머릿속에 들어 있는데, 그걸 봐서 뭐하게요. 시간만 더 걸려요."

성훈의 말에 기가 찬, 김 대리가 물었다.

"팀장님. 저 친구 실력은 인정합니다만, 저게 가능할까요? 보지도 않고? 밑그림도 제대로 안 그리는 것 같은데."

최 팀장도 같은 생각이었는지, 고개를 저었다.

"아무리 실력이 좋아도, 천재가 아닌 이상……."

"그쵸? 기억력이 아무리 좋아도 그렇지. 이걸 다 어떻게 기억하겠어요."

6개의 그림은 모두 다른 분위기를 내고 있었다.

약간만 섞여도, 전혀 다른 느낌을 낼 터!

잠깐의 실수로 그림을 망치는 것은 순식간이었다.

팀장이 말했다.

"김 대리."

"네. 선배님."

팀장과 같은 H대를 나온 김 대리였다.

그의 뛰어난 실력이 탐나서, 졸업하기도 전에 교수에게 부탁해 스카우트해 온 인재였다.

"저거 만용이야. 만용. 저런 건 배우지 마."

김 대리가 고개를 끄덕였다.

"당연하죠. 저도 나름대로 실력 있다고 자부하는데, 그래도 저런 건 자신이 없네요."

"그래. 자신의 실력을 냉정하게 평가할 줄 알아야 이 바닥에서 살아남는 거야."

아까 성훈의 말에, 속으로 얼마나 비웃었던가?

'머릿속에 들어 있다고? 이 복잡한 그림들이?'

하지만 그 비웃음은 채 10분도 지나지 않아 사라졌다.

왜?

이미 완벽한 그림 하나가 캔버스를 가득 채우고 있었거든.

물론 아직 채색이 남았지만, 성훈은 자신의 말대로 이 여섯 장의 그림을 모두 머리에 외우고 있는 게 분명했다.

일말의 망설임도 없는 손놀림이었지만, 컴퓨터처럼 정확하게 여백을 채워가고 있었다.

하지만 컴퓨터는 절대 할 수 없는 것!

원판의 그림보다 더 풍부한 선으로 거실의 분위기를 농밀하게 살려내고 있었다.

이러니 성훈에 대한 평가가 바뀔 수밖에.

건방진 놈에서, 그런 말 할 자격이 있는 놈으로.

팀장이 작은 한숨을 내뱉었다.

"후. 뭐라 할 말이 없네요."

실력에 대한 순수한 감탄이었다.

"아까 안 보고 그린다고 했을 때는, 젊은 녀석의 치기라고 생각했었는데 말이죠."

사장이 그럴 줄 알았다는 듯, 흐뭇하게 웃었다.

"녀석은 확신 없이 함부로 말을 내뱉는 놈이 아니야. 암! 저놈이 어떤 놈인데."

아무래도 사장은 그를 잘 아는 것 같았다.

궁금해서 몸이 단 팀장이 물었다.

"이제 말씀해 주십시오. 저 괴물 같은 놈, 정체가 도대체

뭡니까?"

대답이 궁해진 사장이 말을 얼버무렸다.

"글쎄……."

성훈의 정체는 명확히 알고 있다고 생각했었다.

하지만 지금은 그 정보에 확신이 없었다.

그도 그럴 것이, 보통의 사람이라면 저게 불가능하거든.

똑같이 U대학을 나온 녀석 중에, 성훈만 한 놈이 있었느냐 말이다.

이건 교육의 문제가 아니라, 그냥 '저놈이 난 놈!'이라는 결론밖에는 나올 게 없었다.

"천재가 아닐까?"

학생이 학생 같아야, 학생이라고 말하는 거다.

과연 이 바닥에서 날고 기는 최 팀장이 혀를 내두를 정도의 학생이 있을까?

또한, 배움 중에 있는 자를 학생이라 하는데, 저게 어딜 봐서 배워야 할 놈인가?

"말씀하시기 곤란하시면, 어느 분께 사사했는지라도 힌트라도 주십시오."

가르침의 계보를 따져 보면, 그 실력의 근원을 파악할 수 있었다.

예체능 쪽에서는 누구에게 가르침 받았는지가 중요한 단서가 되지 않던가?

좋은 스승 아래에서 좋은 인재가 나오는 것이 당연한 현상이었고, 비록 천재라 할지라도 제대로 된 스승을 만나 갈고 닦지 않으면, 범재의 틀을 벗어나지 못하는 것이 정론이었다.

그래서 스승의 존재가 중요한 것이고, 한 번 레슨에 수십 수백만 원을 들여가며 과외 수업을 받는 것이 아니던가!

하지만 사장은 딱히 그의 궁금증을 풀어줄 말을 찾지 못했다.

아는 한도 내에서 말해 줄 수밖에.

"저놈 건축학도야. U대학. 3학년. 이제 졸업반으로 올라가지. 아마."

생각지도 못한 말을 들은 팀장이 미간을 좁혔다.

"설마! 울산에 있는 그 U대학을 말씀하시는 겁니까?"

"응."

"혹시 어릴 때, 해외에서 미술을 공부했다든지······."

그는 말을 하다가 멈출 수밖에 없었다.

20대 중반인 나이로 봐서 신빙성이 적었다.

또한, 그럴 정도의 실력이라면 지방에 있는 U대학으로 갈 리가 없지 않은가?

H대에서도 쌍수를 들며 환영할 인재였다.

장학금이 대수겠어!

그런데 그런 그가 고작 U대학이라니.

'이건 뭔가 말이 안 되잖아.'

자신도 이해할 수 없는데, 무얼 물어본다는 말인가?

사장도 낌새를 눈치챘는지, 그에게 말했다.

"방금 말한 것, 그 이상은 나도 몰라. 그러니까 더는 물어보지 말라고."

이제 스스로 알아보는 수밖에 없었다.

"끄응."

바둑은 기풍을 보면 알 수 있고, 음악은 특정 습관으로 알 수 있다.

미술도 화풍을 보면, 대충 가락으로 때려 맞히는데, 이건 밑도 끝도 없는 제멋대로 기법이니…….

말없이 옆의 김 대리를 바라보았다.

"선배님. 저도 이것만큼은 모르겠습니다."

물어보기도 전에 대답하는 김 대리였다.

"휴! 그래. 일단 지켜보자고. 단서가 나오겠지."

한숨 쉬는 팀장을 보며, 사장이 조용히 웃었다.

'나중에 자네들이랑 같이 일하게 될 거야. 내 반드시 그렇게 만들어주지.'

한편 성훈을 기다리다 지친 곽 이사가 사장실 앞을 서성거렸다.

'왜 아직 안 나오는 거지? 전화를 해볼까?'

하지만 아직도 사장과 면담 중이라면 큰 실례가 될 터였다.

이러지도 저러지도 못하고 전전긍긍하는데, 사장실로 들어오던 김 비서와 마주쳤다.

"곽 이사님, 여기는 어쩐 일이십니까?"

"아! 김 비서님, 성훈 군이 사장님을 만나 뵈러 들어갔는데, 혹시 아직도 상담 중인지 궁금해서 말입니다."

사장과 성훈이 어떤 이야기를 하고 있는지 모르지만, 곽 이사가 있다면 더 분위기가 부드러워질 것이 뻔했다.

'곽 이사는 당연히 사장님 편을 들어주겠지.'

속으로 계산을 마친 김 비서가 웃으며 말했다.

"아직 면담 중인 걸로 알고 있습니다. 여기서 기다리실 게 아니라 같이 들어가시죠."

"아! 그럴까요."

김 대리가 감탄하며 말했다.

"와! 팀장님, 아까 하셨던 말 취소하셔야겠는데요?"

뜬금없는 그의 말에 최 팀장이 물었다.

"내가 아까 무슨 말을 했는데?"

"만용이라고 따라 하지 말라고 했던 말씀요."

"아! 그게 왜?"

팀장이 떨떠름한 표정으로 물었다.

"저건 만용이 문제가 아니라, 따라 할 수도 없겠는데요?"

그 말에 최 팀장이 어색한 미소로 답했다.

"어쨌거나 따라 하면 안 되는 건 마찬가지잖아."

김 대리가 웃으며 대답했다.

"하긴 그렇네요. 어차피 결과는 같으니까요."

안 하나 못 하나 결과는 매한가지, 뭐가 다르랴?

속 좋은 웃음을 짓는 그에게 최 팀장이 물었다.

"자식아, 넌 질투도 안 나냐? 딱 봐도 너보다 어린 것 같은데."

"질투요? 그것도 수준이 비슷해야 가능한 거죠."

성훈의 그림에 눈짓하며 말을 이었다.

"애초에 따라갈 수도 없는데, 무슨 질투를 합니까? 그냥 동경이죠. 전 저 친구 머릿속에 한 번만 들어갔다 나와 봤으면 소원이 없겠습니다."

"왜?"

"무슨 생각을 하면, 저런 디자인을 할 수 있는지 알 수 있을 것 아닙니까?"

대범한 후배의 말에 흐뭇한 미소를 지었다.

'훗. 그래. 그래야 성장할 수 있는 거지.'

스승을 질투하는 제자가 어디 있으랴!

하기야 애초에 질투할 거라면 제자로 들어가지도 않겠지만.

인간에게는 누구나 도달하고자 하는 경지가 있고, 그것에 대한 간절한 염원이 있다.

닿을 듯 말 듯 약 오르는 거리라면 신을 원망하게 된다. 살리에리가 모차르트에게 그랬던 것처럼.

하지만 대상이 아예 가늠할 수 없는 곳에 존재한다면 인간은 동경할 수밖에 없다.

지금 김 대리가 느끼는 감정이 바로 동경이리라.

'그건 나도 마찬가지지.'

그들의 대화를 들으며, 사장은 속으로 한숨을 놓았다.

'녀석이 들어오면 분명 충돌이 생길 거라 예상했는데, 적어도 큰일은 안 생기겠군.'

아무 일 없을 거라는 장담하는 것은 섣부른 판단이겠지만 적어도 최 팀장의 마인드라면 최소한의 조화를 이룰 수 있으리라.

이 생각에는 그가 아는 성훈의 성격도 한몫을 했다.

일에 대한 진지함도, 함께 일하는 자들에 대한 배려도 봤으니 말이다.

'녀석의 배려가 없다면, 박람회의 그 작품은 태어날 수 없다고.'

성훈은 팀을 아우르는 그만의 방법이 있었다.

50명을 한 팀으로 묶으면서, 얼마나 많은 일이 있었으랴!

'하지만 녀석은 그 50명의 팀원이 자기만 바라보게 만들어 놨다고.'

어지간한 역량으로는 5명도 끌고 가기 어려운 일이 아니던가!

　　　　　　　　🍃

"김 비서, 바로 퇴근하지 그랬어?"

업무 시간이 지났음에도 사장실에 돌아온 김 비서를 보며, 사장은 눈길을 피했다.

분명 잔소리를 할 테니까.

잔소리하는 직원은 다른 곳으로 내치면 되겠지만, 매번 바른 소리를 하는데 무슨 명분으로 내친다는 말인가?

비서실의 인사이동은 바로 왕 비서에게 보고되고, 그건 바로 왕 회장에게 전해진다는 것을 의미했다.

그럼 잔소리 정도가 아니라, 불호령이 떨어진다.

'기업을 운영하는 놈이! 그 정도 충언을 못 참아? 그래서야 네놈 주변에 제대로 된 인간이 하나라도 남아 있겠어? 간신배밖에 안 남을 거다. 멍청한 놈!'

후계 구도에서 멀어지는 것은 정해진 수순!

언제나 좋은 약은 입에 쓴 법이다.

김 비서가 조용히 사장에게 다가갔다.

그의 접근을 외면하며 사장이 말했다.

"지금은 잔소리 듣고 싶지 않네."

아이처럼 투정하는 소리에 김 비서가 은근하게 말했다.

"아닙니다. 제가 사장님의 깊은 뜻을 몰라 오해를 했습니다. 죄송합니다."

사장은 '이게 무슨 말이야?' 싶었지만 당황한 표정을 숨겼다.

무슨 말이냐 물어보고 싶지만 의도를 모르는 그로서는 시치미 떼는 것이 최선의 대응이었다.

"흠. 괜찮네. 하고 싶은 말이 있으면 하게."

"저 안전모 녀석을 잡아야 한다고 언질이라도 주셨으면 좋았을 것을 말입니다."

그는 왕 비서와의 대화를 조용히 털어놓으며, 사장에게 존경의 눈빛을 보내고 있었다.

'이거 참! 내 의도가 아니라고 말할 수도 없고.'

그의 과도한 존경심도 부담스러웠다.

"이제라도 알아주니 고마우이. 확실한 게 아무것도 없는 상황에서 자네에게 말하기도 부담스러워서 말이지. 그동안 자네가 좀 바빴나."

"이제부터라도 더 철저히 보좌하도록 하겠습니다."

김 비서에게 물었다.

"아직도 저 녀석, 성훈이가 싫은가?"

현재건설에 들어오기만 하면, 외근 현장으로 보내버릴 거라며 흥분하던 김 비서가 아니던가?

김 비서는 각오를 다진 눈빛으로 말했다.

"네, 여전히 싫습니다."

하지만 이내 입술을 양쪽으로 말아 올려 과장된 미소를 지으며 말을 이었다.

"하지만 좋아하도록 노력해 보겠습니다."

대계를 위해서 자존심 굽히는 게 뭐 그리 중요한 일이겠나?

사장이 회장이 될 때, 자신은 왕 비서가 될 터!

사장이 기업을 책임지는 자리라면, 왕 비서는 사장을 보좌하는 비서들에게는 최고의 자리가 아니던가?

계열사 사장들이 왕 비서 앞에서 함부로 경거망동하는 것을 본 적이 없었다.

그야말로 일인지하만인지상(一人之下萬人之上).

'죽기 전에 왕 비서 한번 되어 봐야지 않겠어?'

사장이 그의 어깨를 다독였다.

"고마우이. 내 자네의 충심 잊지 않겠네."

사장은 성훈의 그림에서 한순간도 눈을 뗄 수 없었다.

누워 있던 그림의 벽들이 일어나고, 뒤따라 가구들도 일어나 앉았다.

원래 그곳에 존재했던 것처럼 편안한 배치였다.

달이 기울어감에 따라 그림은 점점 사진처럼 변해 간다.

사진과 다른 점이 있다면, 붓의 터치에 따라 생동감이 더해진다는 것.

세밀한 붓끝에서 시원한 바람이 불어오는 듯 머리가 맑아진다.

'햐! 비현실적이야! 정말 저렇게 만들 수만 있다면…….'

하지만 최 팀장은 마냥 행복해할 수 없었다.

'그런데 저게 불가능하다는 거지.'

이미 머리로는 알고 있었다.

아무리 고가의 가구를 처넣고, 장인의 물건들로 도배해도, 저 그림에서 풍기는 느낌을 온전히 살리는 건 불가능하다는 것!

최 팀장이 한숨을 푹 내쉬었다.

"건축을 하랬더니, 저 친구 혼자서 예술을 하고 있군."

김 대리도 진지한 얼굴로 미간을 찌푸렸다.

"저 느낌의 십 분의 일……."

머리를 저으며 말을 이었다.

"아니, 백 분의 일이라도 살릴 수 있을지…… 전 도저히 장담을 못 하겠는데요."

"그렇지?"

"하지만 사장님은 그렇게 생각 안 하시는 것 같던데요?"

최 팀장이 옆머리를 마구 긁었다.

"그러니까 내가 머리가 아프지."

"저 친구, 어디까지 하고 간대요?"

김 대리의 말에 최 팀장이 한숨을 푹 내쉬었다.

"투시도만 그리고 간단다."

"그래서 그렇구나."

"그래서 그런 거지."

성훈은 자신이 직접 만들 생각이 없으니, 맘껏 그리는 거였다.

직접 만드는 것까지 해야 했다면, 절대 이런 그림을 그리지 않았을 것이다.

이 그림을 본 사람은 어떻게 인테리어를 해도 만족하지 못할 테니까!

"우리만 죽어나게 생겼네요."

팀장이 김 대리를 따라 울상을 지었다.

"그러게······."

아까 힐끔거리며 확인한 사장의 옆얼굴에서 그는 확실히 느낄 수 있었다.

무조건 만들고 말겠다는 사장의 확고한 의지를.

그래서 미리 말해주고 싶었다.

'사장님, 이건 똑같이 못 만듭니다'라고.

판타지를 그려놓고 현실로 구현하라고 하면, 그건 불가능하다.

그림과 똑같은 규격의 가구와 장식으로 완벽한 건물을 만들어도, 절대로 저 느낌을 살릴 수 없다.

왜!

예술은 그런 거니까!

아니, 가능했던 사람이 하나 있기는 했지.

미치광이 예술가, 피그말리온이라고.

마음 같아서는 성훈의 손에 든 붓을 내동댕이치고 싶었다.

'자네는 그려놓고 가면 끝이지만 저걸 만들어야 하는 사람은 우리라고!'

이미 이 그림을 본 사장이!

이미 정신은 꿈속에 가 있는 사장에게!

'이건 안 되는 겁니다. 꿈에서나 보시면 됩니다!'

이런 말을 어떻게 하라고.

하지만 저 영악한 놈은 이미 선을 그었다.

자기는 투시도만 그리겠다고!

나머지는 현재건설에서 알아서 하라고!

'그러니 저기서 예술을 하고 있을 수 있는 거지.'

A3에 그려진 그림은 우기기라도 할 수 있다.

하지만 저렇게 입체감과 색감을 살려놓은 상황에서는 어

떤 변명도 먹히지 않는다.

"팀장님, 안 된다고 말씀드리면······."

팀장이 김 대리의 입을 막으며 작은 소리로 으르렁거렸다.

"닥쳐! 네가 말할 거야? 자식아!"

어슴푸레 동이 터오는 시각.

그림에 집중하고 있던 성훈이 뒤를 돌아보며 물었다.

"사장님, 아무래도 6시까지 끝내기 힘들 것 같은데요."

사장이야 급할 것이 없었다.

'아침 회의? 미루면 되지! 이런 작품은 평생에 한 번 만나는 것도 어렵다고.'

"괜찮아, 시간은 많아."

대수롭지 않은 사장의 대답에 성훈의 표정이 일그러졌다.

"누가 사장님 때문에 그럽니까? 제가 울산에서 점심 약속이 있어서 그렇죠!"

무안해진 사장이 얼굴을 붉혔다.

"허허허! 그런가? 데이트 약속이라도 있는 모양이로군."

"그러게요. 귀찮아 죽겠습니다. 자기네 나라로 돌아가라고 할 수도 없고. 참!"

"큭!"

김 비서의 얼굴이 깡통처럼 우그러들었다.

'야! 이런 미친놈아! 네 데이트 약속이 사장님의 일정보다 더 중요하단 말이냐!'

당장에라도 일갈하고 싶었지만 사장의 손이 먼저 김 비서의 손목을 움켜잡았다.

'이제 거의 끝나가! 제발 저놈 성질 건드리지 마! 제발!'

사장이 간절한 눈빛으로 말하고 있었다.

기분 나쁘다고 성훈이 대충대충 그려 버리면 피해 보는 사람은 사장이었다.

보기만 해도 가슴 두근거리는 작품이 나왔는데, 이게 용두사미가 되어 버리면 억장이 무너질 것 같았다.

'60억을 줘도 아깝지 않을 작품이 나왔는데…… 망치면 김 비서, 너부터 죽여 버릴지 몰라!'

이건 항의를 할 수 있는 것도 아니었다.

성훈이 '이게 원래 의도였다!' 그렇게 우기면 아무도 할 말이 없으니까!

창작자가 그렇다는데, 누가 딴죽을 걸겠는가?

'거기다 더 중요한 건, 대안이 없다고.'

말 그대로 머리에 들어가 보지 않은 이상, 성훈의 말을 부정할 방법이 없었다.

김 비서가 부들거리는 손을 허리 뒤로 감춘 채, 심호흡을 크게 하고 물었다.

"그래서 어떻게 해달라는 말인가? 성훈 군."

"저기 저분들, 디자인팀에서 오신 분들이죠? 저분들께 도움을 청해도 될까요?"

"그래도 되는 건가?"

사장의 물음에 성훈이 답했다.

"네, 분위기는 다 살려놨고, 문양들만 조금 터치해 주시면 됩니다. 그게 의외로 시간이 오래 걸리는 막노동이거든요. 그동안 전 이 마지막, 안방을 마감 지으려고요."

사장이 고개를 돌리며 물었다.

"최 팀장? 가능하겠어?"

질문을 받은 최 팀장이 난감한 웃음을 지었다.

사장의 말은 질문이 아니었으니까!

저 그림을 망치지 않을 자신이 있느냐는 준엄한 물음이었다.

아니, 오히려 망치기면 가만 안 두겠다는 경고이기도 했다.

'사장님, 저 그림대로는 안 나옵니다. 포기하십시오.'

팀장의 입안에 맴돌던 이 말이 목구멍으로 쑥 들어갔다.

자존심을 건드리는 말에 저도 모르게 대답이 툭 튀어나왔다.

"사장님, 제가 디자인 밥만 20년을 먹었습니다."

당찬 그의 말에 사장이 움찔했다.

"어, 어! 그랬지. 미안하이."

물러서는 사장을 보며, 팀장이 진중하게 말했다.

"이 느낌 망치지 않도록 최선을 다하겠습니다."

그 말에 사장이 너털웃음을 터뜨렸다.

"허, 그냥 해본 말일세. 그리 긴장하지 않아도 돼. 그렇게 정색하면 내가 더 무안하지."

하지만 최 팀장은 진심이었다.

"음, 그게……."

"녀석이 간단한 일이라고 하지 않나."

대수롭지 않게 말하는 사장이었다.

김 대리가 침음성을 흘리는 팀장을 거들었다.

"저게 보기만큼 쉬운 일은 절대로 아닙니다, 사장님."

"왜 그렇게 말을 하는가?"

그의 말에 최 팀장이 답했다.

"지금 저 친구는 사진 같은 이미지를 그리는 게 아니라, 분위기를 그려내고 있거든요."

최 팀장은 성훈의 그림을 보며 입술을 지그시 깨물었다.

허탈한 웃음밖에 나오지 않았다.

'허! 간단하다고? 그건 자네 기준에서 그런 거지. 이어받아 그리는 입장에서는 온 신경을 곤두세워야 한다고.'

팀장의 설명에 사장은 다시 한 번 그림으로 눈을 돌렸다.

잠시 후 사장이 조용히 고개를 끄덕였다.

"흠. 그렇군. 자네 설명을 듣고 나니, 왜 빠져들 수밖에 없는지 그 이유를 알겠어."

최 팀장이 설명을 덧붙였다.

"사진처럼 그리라면 오히려 쉽습니다. 저런 그림이 의외로 신경이 더 많이 쓰이는 법이죠."

"음. 그래서 긴장하는 거로군. 내가 그림에 조예가 깊지 않아서 몰랐구먼, 속없는 말을 해서 미안하이. 어쨌든 최선을 다해주게."

"네, 최선을 다하겠습니다."

성훈의 말마따나 문양 몇 개 그리는데 저렇게 호들갑을 떠느냐고 하겠지만, 그림을 그리는 자로서 남의 그림에 손을 댄다는 것은 상상하기 어려운 일이었다.

자칫 실수하면 본질과 특이성을 해쳐버릴 위험이 있기 때문이다.

다만 지금 같은 경우는 성훈이 사장에게 그림을 의뢰받은 것이고, 사장의 허락이 있으니 가능한 일이었다.

최 팀장이 마음을 정했다.

"김 대리, 한번 해보자고."

"네, 팀장님."

팔레트를 들며 팀장이 말했다.

"그 전에 물감 색깔부터 맞춰서 연습 좀 하고 시작하자."

그가 빈 캔버스로 눈짓했다.

김 대리가 붓질을 하며, 작은 소리로 말했다.

성훈은 그림에 집중하고 있었고, 다른 사람들 또한 성훈의 모습을 보느라 정신이 없었다.

"사실 처음에는 이 그림을 좀 다운그레이드시킬까 고민했었어요."

팀장은 그의 마음을 이해할 수 있었다.

말없이 고개를 끄덕였다.

다운그레이드시키는 건 간단하다.

어울리지 않은 점 몇 개만 찍어주면, 지금까지의 노력을 모두 허사로 만들 수 있으니까 말이다.

"그런데 막상 그림을 대하니까, 그런 생각이 안 들지?"

김 대리도 그의 마음을 알았는지, 그를 보며 피식 웃었다.

"팀장님도 같은 생각을 하셨군요?"

"당연하지, 인마! 뒷감당을 생각하면 머리가 아프지만……."

팀장은 입맛을 다시며 말을 이었다.

"작품이 무슨 죄가 있냐? 명작은 명작으로 남아야지. 안 그래?"

"네, 이걸 망쳐서는 이 작품에 면목이 안 서겠죠."

팀장이 작은 소리를 그를 다독였다.

"그래, 그런 마음이면 되는 거야. 걱정 마! 어차피 이거, 이 느낌 그대로 살리는 건 불가능해. 이 느낌은 꿈에서나 즐기라고 해."

꽃의 생애 중 가장 아름다운 일 초를 그려놓고, 그걸 영원히 유지하라고 하면 미치광이 취급을 받을 것이다.

다른 누가 와도 이걸 현실로 구현하는 것은 불가능하다.

그게 설령, 성훈이라고 해도 말이다.

두 남자가 비장한 마음으로 붓을 들었다.

적어도 이 작품에 누가 되는 짓은 하지 않겠다고 다짐하면서.

한 면의 통유리창으로 어슴푸레 햇살이 비쳤다.

사장은 뻑뻑한 눈을 비비며, 시계를 보았다.

'5시 30분! 시간 가는 줄 몰랐네.'

성훈은 그림에서 붓을 떼고, 한 걸음 뒤로 물러서며 고개를 갸웃거리고 있었다.

조명과 햇살이 만나는 곳, 거기에 성훈의 작품들이 줄지어 나열해 있다.

자연광이 없을 때와는 또 다른 느낌!

사장이 눈으로 작품들을 훑었다.

온화한 느낌이 일렁거리는 거실.

안락한 소파와 은은하게 세월을 뽐어내는 거실장, 거기에

천장에 매달린 샹들리에까지.

인테리어 투시도에 사람이 있을 리 없다.

'허, 그런데 이 느낌은 뭐지?'

그림 속에 아내와 세 아들, 그리고 딸까지도 모두 오버랩되는 느낌이었다.

'나는 저 소파에 앉아 있군.'

바쁜 일정 속에서도 가족을 챙기려 노력했지만, 그게 어려워 항상 미안했었는데, 저기에는 아내와 자식들, 온 가족의 호흡이 느껴졌다.

말로 설명하기 어려운 느낌이 서려 있었다.

'나만 그런가?'

주변을 돌아보니, 다른 사람들 또한 자신과 비슷한 표정을 짓고 있었다.

'그럼 그렇지!'

피곤함에 지친 몸을 당장에라도 저 소파에 누이고 싶었다.

'분위기 제대로네. 제대로 살렸어.'

주방으로 눈을 돌렸을 때는, 요리 백치인 그의 아내가 자신을 보며 환히 웃는 모습이 떠올랐다.

하얀 앞치마를 걸치고 요리용 나무젓가락을 든 모습 말이다.

코끝에는 생크림이 묻어 있고, 앞치마에 스파게티 면이 붙어 있는 거로 봐서는 아마도 크림 파스타를 만들고 있었던 모양이다.

'신혼 초에 저렇게 만들어준다고 난리를 쳤었는데. 그게 벌써 30년 전이네.'

그렇게 안방과 서재, 아들과 딸의 방을 모두 훑었다.

가슴에서 뭔가 울컥하고 치밀어올랐다.

'작품이란 이런 걸 말하는 거구나.'

굳이 설명하지 않아도, 몸을 감싸는 아우라가 그의 전신을 감쌌다.

성훈이 그림들을 바라보고 한 걸음씩 물러나며 체크를 하다가 다 끝났다고 생각했던지 뒤돌아섰다.

"사장님! 끝났습니다."

사장이 만족스럽게 고개를 끄덕였다.

"음, 음, 고생했네."

"마음에 드십니까?"

"그래, 정말 마음에 쏙 들어."

성훈이 웃으며 말했다.

"네, 그럼 됐습니다. 거기 두 분도 수고하셨어요. 덕분에 시간에 맞춰 끝낼 수 있었습니다."

성훈의 감사에 최 팀장은 머쓱한 표정으로 인사했다.

"우리가 뭐 한 게 있나? 나도 좋은 구경할 수 있어서 기뻤다네. 오히려 자네 실력이 너무 좋아서, 혹시 그림을 망치는 게 아닌가 걱정했다네."

칭찬의 말에 성훈이 환히 웃었다.

사장의 칭찬보다 더 기분이 좋았다.

'이건 전문가들이 하는 말이거든.'

그동안 그릴 일이 없으니, 확인할 수 없었던 그림 실력에 확신이 생겼다.

팀장에게 오히려 감사했다.

"아뇨, 실력이 있으신 분들이라서, 손댈 필요도 없이 깔끔하게 마무리되었네요. 감사합니다."

사장을 바라보며 성훈이 말을 이었다.

"역시 현재는 다르네요. 저런 분들도 많이 계시고."

"그래, 우리 현재건설이 이 정도야."

"상여금 좀 챙겨 주셔야겠는데요?"

성훈의 너스레에 사장 빙긋이 웃었다.

"어련히 알아서 할 테니, 그건 신경 쓰지 않아도 되고. 자네는 언제쯤 입사할 생각인가?"

"음, 당장은 어떻게 될지 모르겠습니다."

당분간 급한 일은 없었다.

한 교수에게도 이걸로 졸업작품을 대신하기로 약속했으니 말이다.

"너무 기다리게 하지는 말게. 자네 오기를 목 빠지게 기다리는 사람들이 많아."

이미 성훈의 현재 입사를 확신하는 사장이었다.

성훈이 물감 범벅이 된 손을 보며 말했다.
"손 좀 씻고 올게요."
"훗. 말 돌리기는. 그러게나."
성훈이 사라지고 사장이 조심스레 물었다.
"최 팀장, 이거…… 만들 수 있겠나?"
아무리 경영을 전공했고, 현장을 완벽하게 이해하지 못한다고 하더라도 눈치를 챌 수 있었다.

최 팀장은 잠깐 망설였다.

해보겠다는 말과 못 한다는 말은, 그 어감이 다르니까 말이다.

오너의 마음에 들려면, 최선을 다하는 모습이라도 보여야 함이 마땅하지 않겠나!

하지만 그는 속으로 고개를 저었다.

'어차피 사장님도 눈치를 채셨으니 이렇게 물어보시는 거겠지.'

안 되는 건 안 된다고 확실히 선을 그어야지, 어설프게 호기를 부릴 일이 아니었다.

말에는 책임이 따르는 법이니까.

최 팀장이 마음을 굳혔다.
"아쉽지만, 똑같이는 불가능합니다."
단언하는 팀장의 말에 사장은 고개를 끄덕였다.
"흠. 그런가?"

스스로도 의문이 들어 물었던 것이니, 어느 정도는 예상하고 있었다.

"그래, 자네가 안 된다면 안 되는 거겠지."

사장의 말에 아쉬움이 묻어났다.

현재건설에서 최고 디자인 실력자가 하는 말이었다.

안 된다는 말을 하기보다는 어떻게든 방법을 찾아 문제를 해결하는 성실한 사람이었다.

그런 그가 어려움도 아니고, 불가능을 말하고 있었으니.

실망하는 사장에게 최 팀장이 말했다.

"물론 성훈 군이 직접 한다면, 좀 더 이 분위기를 살릴 수는 있을 겁니다."

"응? 그건 왜?"

최 팀장이 그림 쪽으로 눈을 돌렸다.

"이 그림으로 판단하건대, 저 친구는 그림뿐만 아니라, 건축디자인과 가구에 대해서도 꽤 수준이 높을 거라 생각됩니다. 깊은 이해 없이, 겉모습만 흉내 내서는 이런 그림이 나올 수 없으니까요."

"음. 그건 자네 말이 맞아."

성훈이 일하는 것을 몇 번이나 지켜본 사장이 아니던가? 절로 고개가 끄덕여졌다.

사장이 말을 이었다.

"맞기는 한데 그렇다고 해도 우리 회사보다 더 잘할 수 있다는 건 좀 의외인걸?"

최 팀장이 씁쓸하게 웃었다.

자존심이 상했지만. 인정할 수밖에 없었다.

어떤 계통이든 실력의 한계를 인정한다는 것은 경력자에게 부끄러운 일이었다.

하물며 그 대상이 사장이라면 더더욱 그럴 테지.

"그가 원 창작자니까요. 자기 머리에 있는 이미지를 바로 구현하는 것과 우리처럼 그림을 해석해야 하는 건 처음부터 이해도가 다르겠죠."

"흠, 말은 되는군."

이러면 방법이 생기는 것 아닌가?

이런 작품을 실제로 인테리어 할 수 있다면, 돈은 그다음 문제가 될 것이다.

'얼마든지 팔아먹을 자신이 있다고.'

사장은 살짝 희망에 부풀었지만, 최 팀장은 매정하게 희망을 잘랐다.

"설령 그렇다고 해도 완벽하게는 불가능할 겁니다. 판타지를 현실로 구현한다는 것도 불가능할뿐더러, 저 느낌은 더더구나 그렇습니다."

확신의 말에 사장이 수긍했다.

함부로 확신하지 않는 사람이 이렇게 단정할 정도면 방법이 없다고 봐야 하는 것이 맞지 않을까?

사장이 말했다.

"거기까지는 안 돼! 우리도 자존심이 있지!"

무릉도원을 그려줬는데, 그걸 만들어 달라고 해서야 어떻게 면목이 설 것인가?

최 팀장이 반신반의하며 물었다.

"그런데 사장님, 저 친구가 정말 우리 회사로 들어오는 겁니까?"

"별다른 이변이 없는 한."

"그럼 빨리 따로 팀을 하나 만들어야겠군요."

"응? 왜?"

"저 정도 실력이라면, 당장에라도 써먹을 수 있습니다. 굳이 사원부터 시작할 필요가 없지 않겠습니까?"

그의 등장은 디자인팀의 실력과 실적을 대번 올릴 기회가 될 것이다.

하지만 사장은 확답을 줄 수 없었다.

"모르지. 녀석이 자네 쪽으로 갈지 아니면 현장으로 갈지."

최 팀장이 정색하며 물었다.

"그게 무슨 말씀이십니까?"

회사에 들어오면 당연히 사장의 말에 복종하는 것이 모든 사회생활의 기본이 아니던가!

그건 최 팀장의 입장이고, 사장은 달랐다.

'월급을 받으려고 여기 오는 놈이 아니라고!'

그러니 당연히 회사에 얽매이기보다는 회사를 제 목적에 맞춰서 써먹으려 하겠지.

'그래, 뭐가 됐든 좋다 그거야. 매출 증대에 도움이 되기만 하면 돼!'

디자인팀으로 가든, 현장으로 가든 일만 잘하고 매출만 올리면 되는 거였다.

"그런 게 있어."

성훈이 손을 씻고 돌아왔다.

"어! 곽 이사님도 계셨네요. 여기는 어쩐 일로 오셨어요? 제가 갈 때 연락드린다고 했는데."

"아! 혹시 아직 안 갔나 하고 들러봤다네."

곽 이사가 속으로 입을 삐죽거렸다.

'이 새벽에 잘도 전화하겠다!'

"하실 말씀이 뭔데요. 지금 하세요. 이제 슬슬 나가 봐야 하니까요."

서 전무가 알래스카에서 복귀했으니, 조심하라는 말을 할 참이었다.

그 인간이 얼마나 용의주도하고 끈질긴 인간인지도 말해 둬야만 했다.

'그러나 이제 그런 말을 할 필요가 없어졌지.'

사장의 행동에서 확신할 수 있었다.

'그가 뒤에서 버티고 있는 한, 아무도 못 건드리지. 절대로!'

"아니네, 별로 급한 일은 아닐세. 바쁠 텐데 다음에 얘기하지."

성훈이 인사하며 돌아섰다.

"사장님, 그럼 다음에 뵙겠습니다."

밤을 새기는 했나 싶을 정도로 쌩쌩한 성훈의 뒷모습을 보며, 자신의 고민이 기우라고 확신할 수 있었다.

'서 전무! 잘못 건드리면 영원히 알래스카에서 머무는 수가 있어!'

한 번 보냈는데, 두 번은 못 보내랴!

그날 업무가 끝날 무렵.

"김 비서, 저 꽃 그림 치워 버려."

사장의 손에는 성훈의 그림을 표구한 액자가 들려 있었다.

비서가 경악하며 물었다.

"네? 저 그림은 삼천만 원이나 주고 사신······."

그 말이 채 끝나기도 전에 사장이 말했다.

"건설 회사 사장실에 말이야. 이런 그림이 걸려 있어야지. 꽃 그림이 어울리기나 해?"

"하지만 굳이 그런, 끽해야 학생놈이 그린 싸구려 인테리어나······."

그는 이 작품의 가격을 아직 모르고 있었다.

사장이 김 비서를 보며 웃었다.

"이건 장당 일억짜리라네. 저런 꽃 그림 따위와 비교할 게 아니지."

김 비서의 입이 떡 벌어졌다.

"네? 일억이요? 그럼 도합 육어……."

"그래, 육억이야. 그 가치에 어울리는 액자로 표구해서 걸어 놓아주게."

김 비서가 꽃 액자를 치우며 중얼거렸다.

"어쩐지! 매번 투덜거리던 녀석이, 오늘은 고분고분하더라니!"

내려오는 동안, 실실 웃음이 나왔다.
"한 교수. 이 사람이 진짜!"
날 보낼 때부터 뭔가가 있을 거라는 생각은 했었다.
애당초 쉬운 일이었다면 다른 사람을 보내지, 날 보낼 사람이 아니었다.
소 잡는 칼로 닭을 잡을 위인은 아니었으니까.
그저 나는 약이 올랐던 것뿐이다.
'졸업작품을 볼모 삼아 나를 팔아넘기다니.'
기분이 나빴느냐고?
전혀!
오히려 내게는 기회였다.

'현재 사장 앞에서 실력을 보일 수 있었거든!'

평사원이 언제 사장 앞에서 실력을 펼쳐 보이겠어?

애당초 만날 일조차 없는데.

'중역들도 얼굴 보기 어려운데, 어떻게 만나?'

하지만 한 교수 덕분에 기회가 생겼다.

'내가 괜히 그림 공부를 계속한 줄 알아?'

인테리어는 내가 건축 일을 하는데, 세 손가락에 꼽는 중요한 과제였다.

나머지는 전통 건축과 구조!

이걸 위해서 지금까지 달려온 거였다.

한 교수가 아니었다면, 현재건설에 들어가서 끊임없이 '나 실력 있소. 이런 것도 할 줄 아오!' 하면서 사장에게 어필해야 했을 거라고.

설령 곽 이사와 양 이사가 있다고 해도, 결과는 마찬가지이리라.

"결국은 내가 직접 움직여야 한다는 거지."

하지만 이제는 그럴 필요가 없다.

사장에게 제안만 하면 된다.

'인테리어에 대해서 이런 계획이 있는데, 어떻게 생각하십니까?' 하고!

이런 기회를 준 한 교수를 어떻게 미워하겠어?

왜 기회를 줬다고 확신하느냐고?

"애초에 그럴 실력이 없다고 생각했다면 보내지도 않았을걸."

허나 기회를 준 것과 날 약 올린 것은 다른 문제가 아니던가?

운전을 하면서 계속 생각을 떠올렸다.

"이제 울산의 일들은 거의 정리되었지?"

이제 서울로 올라갈 준비를 해야 할 때였다.

'전통건축학과도 거의 완성되었고…….'

울산 도시계획만 약간 신경 쓰면 될 일이었다.

그리고 문득 떠오르는 한 사람!

"아차! 소피!"

그저께 박람회를 끝내고 내려올 때, 그녀는 내 옆자리 조수석에 타고 같이 내려왔었다.

'울산에 공방을 만든다고 했었지?'

다른 말들은 잘 기억나지 않는다.

내려오는 내내, 어찌나 끊임없이 조잘거리던지!

'손이 세 개였으면 했다고.'

양쪽 귀를 막고 싶었으니까.

꾀꼬리 음성도 다섯 시간 내리 들으면 소음이다.

"소피는 지금쯤 울산을 헤매고 있겠지."

그녀는 전통 서양 가구 권위자, 귄터와의 중요한 연결고리였다.

그리고 그녀의 공방은, 나중에 한국과 유럽의 전통 가구를 잇는 역할을 하게 될 것이다.

"그러려면 그 공방이 제대로 자리 잡아야 하지."

어차피 자금은 부족함이 없을 것이고, 귄터의 공방 건립에 대한 양심적 부채를 미리 적립해 두는 것도 나쁘지 않았다.

그는 내게 신세 진 걸 절대 잊지 않을 테니까.

"소피의 일을 책임지고 맡아달라고요. 한 교수님!"

한 교수가 귀찮아 할 것을 생각하니, 저도 모르게 웃음이 나왔다.

'이에는 이! 눈에는 눈!'

빨리 한 교수를 보고 싶었다.

'얼른 끝내고 소피랑 데이트나 해야지.'

말로는 귀찮다고 했었지만, 미인을 싫어하는 남자가 세상 천지에 어디 있나?

부웅!

카미의 속도를 높였다.

교수 사무실을 벌컥 열었다.

"교수님! 저한테 이러실 수 있는 겁니까?"

짐짓 화낸 척을 하며, 협상 분위기를 잡고 싶었다.

그런데 소피아도 함께 있었다.

'엇. 쟤가 왜 여기 있는 거지?'

울산에 공방을 만들려면, 밖으로 돌아다니며 물류와 생산에 적합한 위치를 물색하려고, 지금쯤 발이 닳도록 뛰어다녀야 마땅하지 않은가?

그녀를 보며, 나도 모르게 입술이 말려 올라갔다.

'실망이야. 소피. 이러면 도와줄 마음이 사라지잖아.'

하늘은 스스로 돕는 자만 돕는다.

스스로 하지 않는데 누가 도와주냐고!'

한 교수가 퀭한 눈으로 나를 맞이했다.

"성훈이. 고생했어. 왔냐? 이리 앉아."

소피도 환한 얼굴로 나를 맞았다.

"성훈 씨. 어서 와요. 기다렸어요."

미소 짓는 그녀를 보니, 입안이 씁쓸했다.

'쯧쯧. 기다릴 시간에 뛰어다녔어야지.'

여유가 있다고 해도 쉬어서는 안 된다.

젊을 때의 하루가 인생에서 얼마나 소중한지 모르는 게 청춘이라던가?

소피가 사람의 마음을 매혹할 정도로 아름답다는 건 인정한다.

'하지만 예쁘다고 만사형통은 아니잖아!'

그녀가 내게 호감을 느끼고 있다는 것도 알고 있다.

허나 내가 이삼십 대 청춘도 아니고, 제 일에 책임도 질 줄 모르는 사람에게 무슨 매력을 느끼랴!

탐탁지 않은 얼굴로 소피에게 물었다.

"응? 왜 나를?"

"제가 며칠 전에 이야기했었죠? 할아버지가 한국에 공방 낸다는 거요."

말이 곱게 나가지 않았다.

"응! 알아. 그런 거면 소피, 당신은 여기 있으면 안 되는 것 아니야?"

"네? 그게 무슨 말이에요?"

"당신은 외국인이야. 한국에서 무슨 일을 하든, 어려울 거라고. 물론 처음에는 내가 도와줄 수도 있어."

"그런데요?"

"이렇게 편히 앉아서 누군가가 도와주기만 바라면 곤란해. 아무리 어리다고 해도 말이야."

꼰대라고 욕해도 어쩔 수 없다.

나는 그녀보다 어른이니까.

스스로에게 당당한 사람이 얼마나 있겠냐만은, 이런 일은 인생 선배로서 단호하게 말해야 했다.

적어도 내 눈에는 그렇게 보였다.

그녀가 피식 웃었다.

'어? 웃어?'

"오해하지 마세요. 울산에서 공방을 만들 방법을 찾았거든요."

이미 대책을 마련한 건가?

순간 얼굴이 달아올랐다.

'이게 무슨 꼰대 같은 짓이야! 제대로 확인하지도 않고.'

나는 소피에 대해 속단하고 있었다.

단지 어리다는 이유로.

그녀에게 물었다.

"어, 어떻게?"

공방이란 작업대만 놓는다고 되는 것이 아니었다. 결국 가구를 만드는 것은 사람이었다.

제대로 된 장인이 있어야, 공방이 그 기능을 발휘한다는 거지.

그렇다고 독일에 있는 장인들을 모두 한국으로 데려올 수는 없는 것 아닌가?

말을 더듬는 나를 보며, 그녀가 풋 웃음을 지었다.

"그래도 도와줄 생각은 하고 있었나 보네요."

"그야 당연히……."

"바로 서울로 올라갔다기에, 실은 조금 원망했었거든요."

그녀의 양쪽 볼에 살포시 보조개가 파였다.

"음. 그게 말이야."

우물쭈물하는데, 그녀가 일어나 팔을 붙잡았다.

"알아요. 한 교수님 때문이었다면서요. 먼 길 오느라 피곤했을 텐데. 얼른 앉아요. 잠도 못 잤다면서요."

그녀가 내 소매를 붙들고 자리에 앉혔다.

"응. 알았어."

자리에 앉으며 물었다.

"그 방법이란 게 뭐야?"

공방에 대한 지분을 주장하려면, 뭐가라도 해야 하는 것 아닌가?

아무 도움도 안 되었으면서 귄터와의 친분만으로 우리 전통 가구와 협업을 하자고 제안하기에는, 내 얼굴이 그리 두껍지 않았다.

"학교에 공방을 만드는 거예요. 성훈 씨 학교에요."

"엉? 우리 학교에?"

조용히 침묵했다.

'총장이 만들려고 할까? 아무런 이득이 없는데?'

그가 남 좋은 일을 해줄 리가 없잖는가?

의문을 떠올리는 내게, 그녀는 고개를 끄덕이며 미소를 머금었다.

"재능 기부의 형식으로요."

나를 직시하며 눈으로 묻고 있었다.

'내 방법이 어때요?'

"재능 기부?"

그 한마디에 감이 왔다.

장인들이 기부할 재능이 뭐 있겠나? 기술이지.

'크. 나하고 똑같은 방법을 쓸 모양이네.'

나는 총장과의 거래를 통해, 대목장 휘하의 장인들을 학교에 교수진으로 등록시켰다.

가진 기술을 전수하고, 인재를 발굴하는 것이 그들의 역할이었다.

"너희 회사 장인들을 우리 학교에 넣으려고?"

그녀가 입을 꾹 다물고 고개를 끄덕였다.

"좋은 생각이네."

독일 본사의 지원을 최소화하고, 자력으로 해외 공방을 유지하기에는 좋은 방식이었다.

장인들이 학생을 가르치고, 우수한 학생들을 자신들이 영입한다.

그렇게 끊임없이 인재를 공급하고 작품을 생산해 내는 것이다.

"그렇죠?"

"시간은 좀 걸리겠지만, 장기적으로는 옳다고 봐."

"네. 장인들을 자급하기 전까지는 작품을 조금만 만들어서 판매하면 돼요."

"그렇지. 무리한 확장은 위험해."

그동안 구매자들의 취향 조사와 현지화에 대한 전략을 짜면 될 것이다.

마냥 어리게만 보이던 그녀가 새롭게 느껴졌다.

"생각 많이 했네. 고생했어."

내 칭찬에 그녀의 얼굴이 발그스레 달아올랐다.

"한 교수님이 도움을 많이 주셨어요."

"그래?"

한 교수가 나와 그녀를 번갈아 보며, 멍한 눈으로 고개를 끄덕였다.

"으, 응."

사람을 고생시켰으면 편하게 쉬기나 할 것이지!

며칠 동안 정말로 한잠도 못 잔 사람 같은 몰골에 마음이 짠해졌다.

'이러면 내가 갈굴 수가 없잖아! 쳇!'

그런 내 맘을 모르는지, 그녀가 환하게 웃으며 말을 이었다.

"어때요? 좋은 생각 아니에요?"

"응. 괜찮네. 공방의 현지화도 좋고, 굳이 모험을 할 필요도 없고."

내 호응에 그녀가 방실방실 웃었다.

"그죠! 콘셉트도 좋죠? 한국 전통장인과 독일 전통장인의 만남! 뭔가 있을 것 같지 않아요?"

개냥이가 있으면 이럴까?

'한번 쓰다듬어주고 싶네.'

하지만 총장이라는 현실의 벽을 넘는 것은 쉬운 일이 아닐 것이다.

총장이 내 부탁이라면 들어주지 않느냐고?

'내가 대목장을 학교에 정착시키는데, 꼬박 일 년이 걸렸어.'

문제는 이제 내가 학교에 없다는 것이었다.

'나만큼 총장을 견제할 사람은 한 교수인데……'

속으로 고개를 절레절레 저었다.

그는 자기에게 아무 도움이 안 되는 일로 총장과 마찰을 빚을 사람이 아니었다.

그녀의 천진한 얼굴을 보며 말했다.

"생각은 좋은데, 총장은 만만하지 않을 거야."

그녀가 하얀 검지를 들고 좌우로 저었다.

"그건 걱정하지 마세요. 여기 한 교수님께서 확실하게 지원해 주기로 하셨으니까요."

순진한 생각을 하는 그녀를 보며, 고개를 저었다.

"소피. 교수님이 그런 걸 할 리가 없잖아. 소피를 언제 봤다고."

하지만 그녀는 걱정하지 말라는 표정이었다.

"그쵸! 교수님!"

"으, 응. 소피 말이 맞아."

애교 섞인 그녀의 말에 한 교수가 또 고개를 끄덕였다.

"네? 정말로 소피를 돕겠다고요?"

그건 총장과의 대립을 각오한다는 말인가?

한 교수가 조용히 고개를 끄덕였다.

'뭔가 대책이 있으니 이러는 거겠지만.'

피곤에 쩔은 그의 수긍은 설득력이 부족했다.

소피가 그의 말을 거들었다.

"맞아요. 총장님이 인재 욕심이 많으시다면서요. 성훈 씨는 잘 모르겠지만, 우리 장인 아저씨들 실력 좋아요."

모를 리가 없잖아!

그녀 아버지의 공장에 들어가는 순간, 바로 알겠던데.

고가의 기계장비들도 눈길을 사로잡았지만, 딱딱 맞아들어가는 장인들의 손발이 더욱 인상적이었다.

또한, 지난 삶에서도 그들의 품질은 검증되었다.

귄터가 없는 상황이었음에도 그랬는데, 지금은 최고 마이스터인 그까지 합세했으니, 얼마나 더 좋은 작품이 나올 것인가?

"알아. 나도. 그중에서도 귄터는……. 정말 최고지!"

그녀를 보며, 엄지를 치켜들었다.

소피의 가슴이 부풀어 올랐고, 그 입술은 작게 경련하고 있었다.

그녀가 물었다.

"어머. 내 정신 좀 봐. 목마르죠. 성훈 씨. 뭐 마실래요?"
"아. 난 커피로 부탁해."
"네. 커피 내려올게요. 교수님도요?"
"으, 응. 그래."
소피가 자리에서 일어섰다.
"말씀 나누고 계세요."
아무리 생각해도 이상했다.
'이 인간이 아무나 도와줄 사람이 아닌데?'
확인 차 물었다.
"교수님. 정말로 총장과 대립하실 거예요?"
내 말이 안 들리는지, 한 교수는 멍한 눈으로 탕비실로 향하는 소피의 뒷모습을 보고 있었다.
그녀의 연 하늘빛 투피스 정장 아래로 늘씬한 다리가 보인다.
하지만 그가 그걸 보고 있는 것은 아니리라.
퀭하니, 척 봐도 남자의 눈길이 아니었으니까.
한 교수는 그녀의 뒷모습을 보다가, 부르르 몸을 떨더니 쓰러지듯 소파로 상체를 묻었다.
그러고는 머리를 헝클어뜨렸다.
"아우! 죽겠다. 진짜!"
그의 행동에 피식 웃음이 나왔다.
'누구 앞에서 쇼하는 거야. 나는 밤을 꼴딱 새우고 왔구만!'

그에게 말했다.
"교수님!"
"응. 왜?"
"어제는 말씀 잘하시던데요!"
"응? 어제? 무슨 일……. 아!"
물끄러미 바라보는 내게 그가 힘없이 웃었다.
"그 때문에 제가 어제 얼마나 고생을……."
그는 정말 울 듯한 표정을 지었다.
눈물만 글썽거리지 않았을 뿐.
"내가 잘못했어."
엇!
한 교수가 이렇게 쉽게 잘못을 시인하다니.
'이럴 사람이 아닌데?'
걱정이 되어 물었다.
"혹시 뭐 잘못 드셨어요?"
"어제 너 간 뒤부터 아무것도 못 먹었다. 커피 말고는……."
"지금 시간이 몇 시인데……."
정오를 넘어 오후 세 시가 다 되어가고 있었다.
한 교수가 머리를 푹 숙이며 뇌까렸다.
"내가 잘못했어."
"그렇게까지 자책하실 필요는……."
"차라리 내가 갈걸. 잘못했다고. 젠장!"

이게 무슨 소리야?

아까부터 무슨 말만 하면 맞다고만 하고.

'이게 내가 알던 영민한 한 교수인가?' 하는 의심이 들 정도였다.

하지만 나도 힘들었음을 호소하고 싶었다.

'어제 얼마나 약이 올랐는데!'

얼굴을 굳히는 내게 한 교수가 말했다.

아주 불쌍한 뭔가를 보는 눈빛으로.

"성훈아!"

"네!"

한 교수가 말했다.

"너 재랑 결혼하면 고생 좀 하겠다!"

확신에 가득한 말투였다.

성훈이 어깨를 으쓱하며 코웃음 쳤다.

"훗. 결혼은 무슨? 그나저나 총장은 어떻게 설득하시려고요?"

그 물음에 한 교수가 의미심장한 미소를 지었다.

"총장은 이미 설득한 거나 마찬가지야."

"네? 총장이요?"

예상치 못한 대답이었다.

그렇게 만만한 사람이었다면, 성훈이 그 고생을 했을 리가 없지 않은가?

성훈이 놀란 눈으로 물었다.
"어떻게?"
한 교수는 원두커피를 내리고 있는 소피 쪽을 슬쩍 바라보고는 성훈을 보고 웃었다.
"쟤. 소피라는 저 친구, 정체가 뭐냐?"
한 교수가 어제 있었던 일을 털어놓았다.

성훈의 애마가 사라지는 소리가 들리자, 한 교수는 기지개를 쫙 켰다.
골치 아픈 고객을 제자에게 떠넘겼음에도, 양심의 가책은 없어 보였다.
"성훈이 녀석이 갔으니, 어떻게든 해결을 하고 오겠지."
이제 그에게 남은 것은 이 평온한 오후를 만끽하며, 부족한 잠을 채우는 것이었다.
탕비실로 걸어가며, 휘파람을 불었다.
"이제 남은 건 오후의 나른함을 즐기는 건가?"
둘의 관계를 모르는 사람이라면 '저런 염치없는 사람이 있냐?'고 욕할지도 모르지만, 그는 그럴 자격이 있었다.
울산 도시계획!
그건 그에게 즐거운 놀이와 같았다.

뛰어난 건축가들과 든든한 시장의 후원이 있었으니, 아무것도 거칠 것이 없다고 생각했었다.

'작품 하나 만들어 보자!' 하며 파이팅을 외쳤던 그가 아니던가?

하지만 그가 예상하지 못한 것이 있었으니!

그 초안을 짠 사람이 성훈이라는 것과 동료 건축가들이 모두 하이레벨이라는 사실이었다.

성훈의 초안은 고차원적인 도시 인프라를 지향하고 있었고, 건축가들은 모두 완벽주의자들이었다.

든든한 후원자라 믿었던 시장은 성훈의 초안을 원칙으로 고수했다.

"말이 간단한 초안이지, 어마어마하게 복잡한 주문이었다고!"

성훈의 요구사항은 간단했다.

공업 도시로 지속적인 발전을 할 수 있도록 도시 인프라를 재구축하라.

'그것뿐이었다면, 이 고생을 안 했겠지.'

머리를 아프게 했던 건, 두 번째 안.

'언제까지 공업으로만 도시를 지탱하겠어요. 볼거리 즐길거리가 충분한 도시로 만들어주세요'라는 주문이었다.

공업 도시이되, 관광도시를 만들어라!

이게 쉬워 보이지만, 실행하기는 어려운 일이었다.

'더 약오르는 게 뭔지 알아?'

그 뒤로 성훈은 박람회를 한다면서, 아예 도시계획에서 손을 떼버렸다.

스타타워 현장이니, 대목장을 섭외하느니, 하면서 단 한시도 시청에 붙어 있지를 않았거든.

'오죽하면 시장이 녀석을 붙잡으러 경주까지 갔겠어!'

성훈이 내팽개친 울산의 도시계획을 마무리 짓기 위해, 그는 매일 밤잠을 설칠 수밖에 없었다.

더 무슨 설명이 필요하겠는가?

"그래놓고는 저는 박람회를 하고 와? 그것도 대상 수상?"

약이 올라 안 올라?

재미있는 건 혼자 다 하고, 머리 아픈 실전은 모두 한 교수의 차지였다.

"내가 봉이냐? 이놈아! 이 정도 해줬으니, 네 녀석은 고생 좀 해도 돼!"

그나마 위안이 되었던 건, 성훈의 숙제를 풀며 도시설계를 하는 것이 즐거웠다는 것. 그리고 능력 있는 건축가들과의 교류가, 한 교수의 건축 세계를 성장시켰다는 것 정도였다.

대체 어떻게 그런 인재들을 불러 모았던 걸까?

한자리에 불러 모으기도 어려울 정도로 독창적인 시선과 창의력을 가진 사람들이었다.

'지금 생각해도 도저히 이해가 안 간단 말이야. 귀신같은

놈이야. 그런 걸 보면…….'

오랜만의 낮잠을 즐기기 위해, 한 교수는 삼인용 소파에 몸을 길게 뉘었다.

5분이나 지났을까?

복도에서 웅성거리는 소리가 들렸다.

"녀석들! 기말고사 끝났으면 집에나 돌아들 갈 것이지. 뭐 하러 학교에 남아서 시끄럽게 해."

나른한 오후의 낮잠을 방해받은 한 교수가 자리에서 일어 났다.

"녀석들. 혼 좀 내야겠군."

문 앞으로 다가가 문을 열려고 하는데, 문이 저절로 열 렸다.

'응? 성훈이 녀석이 돌아온 건 아니……. 어헉!'

그는 눈을 비빌 수밖에 없었다.

살면서 한 번도 보지 못한 금발 미녀가 문 앞에 딱 서 있었 으니까.

한 교수가 눈을 휘둥그레 뜨며 물었다.

"누구……. 아니 후, 후아유?"

오래간만에 쓰는 영어는 또, 왜 이리도 버벅거리는 건지.

허나 돌아온 건 유창한 한국말이었다.

애써 영어로 말한 그의 배려가 무안할 정도로.

그녀는 인사하며 말했다.

"안녕하세요. 소피아라고 해요. 성훈 씨를 보러 왔어요. 만수 씨가 여기 있을 거라고 하던데요?"

"아! 네. 맞습니다."

"들어가도 될까요?"

그녀의 뒤로는 건축과 학생들이 웅성거리는 모습이 보였다.

여자라고는 볼 수 없는 건축과인데, 평범한 여자도 아닌 여신이 강림했으니, 녀석들이 정신을 못 차리는 것도 어쩌면 당연한 일이리라.

한 교수가 작게 한숨을 내쉬었다.

지금은 이 소동을 가라앉히는 것이 급선무였다.

"에휴. 일단 안으로 들어오시죠."

문을 닫으며, 한 교수가 소리쳤다.

"이 녀석들아! 방학이다. 집에는 안 내려가냐?"

그녀가 사무실 내부를 훑었다.

성훈이 오기를 기다리는 모양이었다.

한 교수가 원두커피를 내리며, 기억을 더듬었다.

'대체 저런 미녀가 왜 성훈이 녀석을……. 소피아? 아! 독일에서 만났다고 하던 그…….'

예쁘다는 말은 들었다.

'하지만 이렇게 미녀라는 말은 안 했다고.'

허나 그녀에 대한 정보는 성훈의 말뿐이었다.

녀석은 '조금 이쁘장한 여자애'라고 했었지.

'도대체 어떻게 보면, 저게 고작 조금 예쁘장한 게 되는 거냐?'

성훈의 미적 감각을 이해할 수 없었다.

'저런 미녀랑 하룻밤을 보냈는데, 아무 일도 없었다고? 에라이! 이놈아. 말이 되는 소리를 해라. 말이 되는 소리를!'

설령 성훈의 말이 진실이라고 해도, 한 교수에게 비난을 피하기는 어려울 것이다.

'넌 장님이 아니면 고자다. 고자!'

하기야 자세히 기억을 떠올려보면, 녀석이 아름답다고 하는 것은 건축물밖에 없었지.

나머지는 좀 예쁘거나, 아니거나 둘 중 하나였다. 사람이든 보석이든 말이다.

한 교수가 어이없는 탄식을 뱉었다.

아프로디테가 울고 갈 미녀에게 조금 예쁜 여자애라니.

그는 소피아 앞에 커피잔을 내려놓았다.

"소피아 씨. 성훈 군은 지금 여기 없습니다만……."

그녀가 고개를 갸웃하며 입술을 뾰로통하게 내밀었다.

"그런가요? 흠……."

성훈이 없다고 하면, 소피는 돌아갈 것이다.

보고 있기만 해도 행복해지는 미녀였지만, 아쉽게도 그녀를 잡아둘 명분이 없었다.

서울행(1) 251

"네! 제가 잠시 심부름을 보냈거든요."
"그래요?"
그녀는 다소곳하게 다리를 모은 채, 커피잔을 들었다.
그윽한 향을 즐기고는 한 모금을 마셨다.
후. 후. 호로록.
잠시 후, 소피아가 잔을 내려놓으며 물었다.
"그럼 성훈 씨가 올 때까지 여기서 기다려도 실례가 되지 않을까요?"
미소를 건네는 그녀의 말에, 그는 안타까운 표정을 지었다.
'녀석이 언제 돌아올지도 모르는데, 이렇게 붙잡아 두는 것도 실례지.'
"저, 소피아 씨?"
그녀가 고개를 돌리며, 금빛 눈썹을 으쓱했다.
"네? 하실 말씀이라도."
그는 급히 고개를 돌려 헛기침하며 말했다.
"흠. 흠. 실은 언제 돌아올지 모릅니다."
"아! 그런가요?"
그녀가 입술을 깨물며, 작게 혼잣말을 했다.
"그럼 어쩌지?"
'꼭 만나야 할 이유라도 있는 건가?'
한 교수가 물었다.
"그런데 성훈이 녀석은 무슨 일로 찾으시는지?"

그녀의 설명이 끝나고, 한 교수가 물었다.

"울산에서 공방을 만들려고 하는데, 성훈이에게 조언을 좀 구했으면 한다, 그거네요."

"네. 맞아요."

"흠. 그런 거라면 사람을 제대로 골랐네요."

"네. 성훈 씨는 믿을 만한 사람이죠."

소피아는 얼굴에 홍조를 띠며 말을 이었다.

"음. 할아버지께서 그렇게 말씀하셨거든요."

한 교수가 그녀를 보며 미소 지었다.

"물론 성훈이가 믿을 만하다는 건 사실이지만, 제 말은 손재주를 말하는 게 아닙니다."

"네? 그럼요?"

"녀석의 경험을 말하는 거죠."

한 교수가 작년에 전통건축학과를 만들며 생겼던 에피소드를 자랑스럽게 설명했다.

이야기를 듣던 소피아가 눈을 반짝거렸다.

"성훈 씨가 공방을 만든 경험이 있다고요?"

장인들을 모아 학과를 신설했다는 말이 그녀에게는 공방을 만든 것으로 들렸던 모양이었다.

한 교수가 그녀의 말을 정정했다.

"공방은 아니지만, 녀석이 우리 학교에 전통건축학과를 만들었거든요."

하지만 무슨 큰 차이가 있으랴?

실제로 독일의 근대건축을 주도한 바우하우스 운동이 공방의 장인들에게서 시작되지 않았던가?

한 교수가 자랑스레 말을 이었다.

"명목상으로는 총장이 제안한 거지만, 실제로는 성훈이 처음부터 다 만들었다고 봐야지."

그는 똘똘한 제자를 둔 덕분에 존경해 마지않는 대목장을 항상 만날 수 있게 되었다.

'성훈이가 대단한 녀석이기는 하지.'

소피아가 고개를 끄덕이며 감탄했다.

"대단하군요. 전 그저 손재주가 탁월한 장인으로만 생각했었어요."

한 교수가 물었다.

"그런데 소피아 씨는 어떻게 한국말을 그렇게 잘하세요?"

소피아는 수줍은 듯, 눈동자를 아래로 떨구었다.

"음. 한국 문화가 좋아서요. 제가 장금이 팬이거든요."

지금까지의 당당함과는 거리가 먼 대답이었다.

한 교수가 피식 웃었다.

거두절미하고, 문화를 좋아한다는 이유만으로 외국의 말을 배울 수 있을까?

'불가능은 아니지만, 한복이나 한국 음식이 좋다고 한국말까지 배우지는 않지. 아주 특별한 이유가 없다면 말이지.'

그의 경험에서 우러나온 확신이었다.

한 교수는 어려서 미국으로 건너갔고, 당연하게도 영어를 모르는 동양인은 놀림거리가 되었다.

'놀림 받지 않기 위해 영어를 배웠냐고? 절대 아니지.'

그가 그렇게 힘들어하던 영어를 잘하게 된 계기는 하이 스쿨 클라스 메이트인 골드메리 때문이었다.

'한마디 말이라도 붙여보려면 일단은 말이 통해야 하거든!

만에 하나라도 성훈이 좋아서 그런 거라면?

대단하지 않은가? 독일인이 한국어를 배우다니?

'이런 열정이 있는 여자라면 도와주고 싶은걸?'

성훈이 너무 목석 같으니, 이대로 뒀다가는 아무런 진척도 없을 터였다.

'수줍은 건가?'

내내 당당하던 소피아였는데, 성훈의 이야기에 볼이 붉어지는 것을 보자, 한 교수는 장난기가 돌았다.

소피아 입장에서야, '함부로 누구에게 호감이 있다는 말을 하는 게 아니다.

한국에서는 함부로 마음을 표시하지 않는다'라며 성훈에게 경고를 들어서 그런 거지만, 한 교수가 그 사실을 알 리는 없었다.

그가 넌지시 물었다.

"정말 장금이 때문인가요? 혹시 성훈이가 좋아서 그런 거라면, 내가 성훈이랑 친해지게 도와주려고 했는데."

아니나 다를까?

소피아의 코발트 빛 눈동자에 생기가 돌았다.

"정말인가요?"

그녀의 눈동자가 진심을 물었다.

한 교수는 진지하게 고개를 끄덕였다.

"사실은 성훈 씨가 좋아요. 그와 대화를 해보고 싶었거든요. 성훈 씨 나라의 말로."

이십 대 독일 여자의 당당한 사랑 고백이었다.

"제가 아까 성훈이는 대목장과 그 휘하 장인들에게 애착이 강하다고 했었죠?"

그녀가 고개를 끄덕였다.

"그러니까 교수님께서는 저도 학교에 공방을 차리면 어떻겠냐는 말씀이시죠?"

"맞습니다."

"하지만 저와 우리 장인들에게도 그렇게 애착을 가져 줄까요?"

두말해서 무엇하랴!

한 교수가 확신에 찬 목소리로 말했다.

"그건 걱정하지 마세요. 명문대 졸업생들보다 장인들을 더 높게 평가하는 녀석이 성훈입니다."

속으로 흐뭇하게 미소를 지었다.

애초에 성훈이 이런 생각을 했더라면, 소피아를 학교에 끌어들이려고 했을 것이다.

소피아와 깊은 관계가 되는 것이 껄끄러웠는지, 아니면 박람회 때문에 다른 생각을 할 수 없었는지는 몰라도, 방법이 있는데 마다할 성훈이 아니었다.

'어떻게든 녀석은 신세를 지우려고 하겠지. 그래야 나중에 도움받기가 수월할 테니까.'

오랜 시간 함께하다 보니, 성훈에 대해서라면 전문가가 다 된 한 교수였다.

결과적으로는 성훈에게도 도움이 될 거라는 확신도 있었다.

왜 성훈이 서양으로 건축 공부를 하러 갔겠는가?

'녀석! 고마워해라. 이런 미녀와 이어주려고 내가 월하노인이 되는 거니까.'

허나 사랑에 장애물이 없을 수 있으랴!

'학과를 만드는 데 가장 큰 영향력을 미치는 사람은 학장이지.'

하지만 한 교수 자신이 학장과 직접 부딪칠 생각은 없었다.

고난은 둘이서 스스로 헤쳐나가야 더 사랑이 견고해지지 않겠는가?

한 교수가 입을 열었다.

"그런데 문제가 있어요."

"뭔데요?"

"아까 말했던 총장 있죠. 그분의 허락을 받아야 합니다."
"만만치 않으신 분 같더군요."
소피아의 마음은 정해진 것 같았다.
한 교수가 어색한 웃음을 지으며 말했다.
"네. 절대로 만만치 않죠. 그러니까 성훈이가 돌아오면, 같이 한 번 설득해 보세요."
잠시 고민하던 소피아가 조용히 고개를 저었다.
"아뇨. 그럴 수는 없어요. 아무리 성훈 씨가 좋아도 그런 도움을 받을 수는 없어요."
"왜요. 녀석이 도와줄 텐데."
"안 돼요. 이건 제 일이에요."
성훈이 공짜로 도와준 적도 없었지만, 과연 성훈의 도움을 마다하는 사람이 있었던가?
그녀가 이해되지 않는 한 교수였다.
소피아가 환하게 웃었다.
"저도 성훈 씨가 자상한 남자란 걸 알아요. 그는 힘든 사람에게 가슴을 빌려줄 줄 알죠."
"그런데 왜?"
"지금 저는 힘든 것도 아니고, 또 그에게 여자라는 이유만으로 남자에게 기대는 나약한 여자로 기억되고 싶지도 않아요."
한 교수의 입에서 허한 웃음이 터져 나왔다.
"허!"

소피아가 당당한 얼굴로 말했다.
"총장의 연락처를 가르쳐 주세요. 직접 얘기하겠어요."
그녀가 각오를 다졌다.
'대가 없이 가슴을 빌리는 건 한 번으로 충분해요.'

"무슨 말도 안 되는 소리를. 소피아 쟤가 총장이랑 담판을 지었다고요?"
이해하기 어려운 말이었다.
한 교수 정도의 경력이라면 몰라도, 갓 스물이 넘은 소피로서는 역부족이지 않았을까?
'나도 총장이랑 협상하면서 얼마나 애를 먹었는데.'
하지만 한 교수는 그럴 줄 알았다는 듯, 입가에 묘한 웃음을 머금었다.
"옆에서 본 나도 믿기 어렵지만 어떡하냐? 사실인걸. 이걸 보면 이해가 될 거다."
그는 아까부터 만지작거리던 서류 뭉치를 내게 내밀었다.
"이게 뭔데요?"
"총장한테 건네줄 계약서야. 이거 때문에 나 밤 꼴딱 샜다."
한 교수가 확신하는 것으로 봐서는, 그만큼 자신이 있다는 말과 같았다.

'어떤 내용이기에, 그 능구렁이가 승인한다는 거야?'
궁금증에 서류를 받아 들었다.

〈투자 계약서〉

'Germany Craft'(이하 "갑"이라 칭한다)와 U 대학교(이하 "을"이라 칭한다)는 교내 서양전통가구 학과 개설사업(이하 "사업"이라 칭한다)과 관련한 자금투자 및······.

후략.

이렇게 시작된 계약서는 17장으로 끝을 맺었다.
'한 교수가 자신할 만하네.'
골자는 이거였다.

'Germany Craft'는 5년 동안 U 대학교에 200억을 투자한다.
U 대학은 그 기간 동안 학과 개설에 이러이러한 지원을 해야 한다.

다른 말들도 많았지만, 결국은 이것에 대한 세부사항 혹은 부연설명이었을 뿐이다.
'그럼 그렇지. 총장이 그냥 해 줬을 리가 없지.'
하지만 돈만 투자하고, 실리는 챙기지 못하는 멍청한 항목은 보이지 않았다.
적당하게 양보하면서, 적절하게 이득을 챙겼다.

서류에서 눈을 떼고 한 교수에게 말했다.

"교수님이 고생이 많으셨겠네요. 이렇게 꼼꼼하게 챙기시느라. 돈이야 소피가 끌어왔겠지만."

협상을 해 보지 않은 사람은 알 수 없는 세밀한 항목들이 눈에 들어왔기 때문이다.

그러니 당연히 세부 협상에 대해서는 한 교수의 손길이 미치지 않았을까 생각했다.

하지만 그는 고개를 저었다.

"너 착각하는 게 있구나. 이 계약서의 주인은 소피아 양이야."

"그래도 교수님이 계셨으니까."

그는 고개를 절레절레 저었다.

"아니! 내가 한 건 한글로 타이핑해 준 것뿐이라고 해도 과언이 아니지. 총장과 담판을 지은 건 소피아야. 대단하더라. 난……."

어제의 일이 떠오르는 듯, 소피에게로 눈을 돌렸다.

"왜요?"

"널 보는 줄 알았거든. 여자 김성훈."

"하하하. 설마요."

어이없는 웃음을 짓는 내게, 그는 정색하며 말을 이었다.

"네가 직접 못 봐서 그래. 소피아 양. 딱 부러지더라. 대단했다고. 저 나이에."

"그래도 이제 겨우 스물이 넘었는데, 이런 계약서를 짜는 건, 거의 불가능하다고요."

한 장짜리 계약서는 누구나 할 수 있다.

하지만 이런 깊은 내용의 계약서는 중견이 아니면 할 수 없다.

그것도 200억을 투자하는 계약서인데, 어찌 소피 같은 어린아이가 할 수 있다는 말인가?

내 의문을 한 교수가 풀어주었다.

"아! 이건 그녀가 가져온 계약서 원본을 우리말로 번역한 거야. 그리고 상황에 따라 약간씩 변경한 것도 있고. 이미 준비를 다 끝내고 왔더라고."

말을 마치며, 그는 혀를 내둘렀다.

"대단해. 정말 대단해. 자기 아버지랑 이야기할 때도 딱 잘라서 200억 내놓으라고 하던걸! 그게 적은 돈이냐? 그걸 납득시키는 소피아 양이나, 그걸 또 내어주는 아버지나. 참!"

'아! 그녀가 누군지를 잊고 있었네.'

이성으로는 이해하기 어려웠지만, 감성으로는 가능했다.

'오히려 그게 당연하지 않을까?' 하는 이해 말이다.

소피는 유럽 가구업계의 냉혈한을 아버지로, 고집쟁이 마이스터, 귄터를 할아버지로 둔 여자였다.

부드러운 듯 보이지만 맺고 끊음이 정확하며, 귄터를 닮아서 고집도 센 아이!

스스로 납득하며 웃었다.

"피가 어디 가나요?"

"이제 이해가 가냐? 총장을 상대로 딜하는데, 한 마디도 버벅거리지를 않아."

"하긴 이걸 보면 총장이 허락할 만도 하네요."

"그렇지? 이렇게 딱 부러지게 사업의 방향성을 제시하고, 거기다가 200억을 떡하니 얹었는데, 총장이 무슨 수로 승낙하지 않고 배기겠어."

그가 말을 멈추고는 나를 빤히 쳐다보았다.

"왜요?"

"너하고 똑같아. 아주."

그 말에 내가 툴툴거릴 수밖에.

"저하고 똑같으면 좋지, 뭘 그렇게까지 오버하세요?"

아까 그의 절규를 떠올리며 하는 말이었다.

한 교수는 어이없는 웃음을 지었다.

"야! 여자 김성훈을 보는 것 같았다니까. 내가 안 질리게 생겼냐? 내가 너를 모르냐?"

"훗!"

"너 서울 간다고 해서, 이제 좀 잔소리 안 듣고 사나 싶었더니, 아! 죽겠다."

앓는 소리 하시기는, 내가 가면 제일 섭섭해할 거면서.

한 교수의 푸념이 끝날 때쯤, 소피가 커피를 쟁반에 담아왔다.

"무슨 말씀들을 그렇게 하세요?"

잔을 내려놓으며 소피가 물었다.

그러고는 당연한 듯, 내 옆자리에 앉았다.

짧은 미니스커트에 늘씬하게 쭉 뻗은 다리가 눈에 들어왔다.

하지만 뭐라고 할 수는 없는 법.

'김성훈. 네가 뭐라고 소피의 패션에까지 간섭할 거야?'

씁쓸했지만, 내가 간섭할 것은 아니었다.

한국에서도 뭐라 하면 실례가 되는데, 하물며 유럽에서 살던 소피야 더 할 것 아닌가?

'이럴 때 보면, 나도 꼰대야. 쩝.'

그녀도 나도 일을 하러 온 거지, 예의범절을 따지러 온 건 아니잖아?

"소피."

"네? 성훈 씨."

"계약서는 잘 읽어 봤어. 꼼꼼하게 잘했던데?"

"정말요?"

그녀의 얼굴에 보조개가 파였다.

"특별 교육을 받고 왔거든요. 아빠 딸인데, 어디 가서 사기당하지 말라고 하더라고요."

으쓱하는 소피를 따라 한 교수도 말을 거들었다.

"소피아 양은 지금 후계자 수업을 받는 중이라고 하더군."
"그래서 그랬군."
경험의 결과가 아니라, 훈련의 결실이었다.
소피가 물었다.
"성훈 씨는 서울에서 일 잘 보고 오셨어요?"
그녀가 안부를 물었지만, 지금은 소피의 일을 마저 끝내야 했다.
계약서가 완성되었는데, 더 뭐 할 게 있냐고?
'무슨 그런 터무니없는 소리를! 내가 지금 현재로 들어가려는 이유가 뭔데!'
아무리 뛰어난 장인이 있어도!
아무리 품질 좋은 상품이 있어도!
팔 방법이 없으면, 창고에서 먼지만 쌓인다고!
영업!
그때부터 진짜 사활이 걸린 전쟁이 시작된다.
커피를 한 잔 마시고, 소피에게 물었다.
"판로는 어떻게 만들 거야? 생각해 봤어?"
작은 성과에 뿌듯해 하던 소피의 얼굴이 굳었다.
"그것까지는 아직……."
"알아. 너무 빠르지 않으냐는 것. 아직 학과도 만들어지지 않았고, 활성화가 되지 않아서 제품도 없지."
"네. 그러니까……."

"하지만 200억이나 투자가 되는 사업이야. 총장이 판매까지 책임져주지는 않을 거라고. 분명히."

예상하지 못했던 질문에 소피가 얼굴을 붉히며 고개를 숙였다.

"성훈아. 너무 걱정이 많은 거 아니냐? 지금은……."

한 교수의 말에 단호하게 답했다.

"아뇨. 마지막까지 계산해 두지 않으면 200억이 허공으로 날아갈 수도 있어요. 팔기 위해서 만드는 거지. 학교 좋으라고 장인들을 키우는 게 아니잖아요."

소피를 보며 말을 이었다.

"소피. 뭐든 마무리가 중요한 거야."

아무리 좋은 물건을 생산하면 뭐하나, 팔 매장이 없으면 수익을 거둬들일 수 없다.

"네. 따로 방법을 생각해 볼게요."

"그래도 기특하게 생각해. 소피 같은 나이에 이런 걸 할 수 있는 사람은 드물 거야."

이렇게 노력을 했다면, 도와줘도 아깝지 않다.

밑 빠진 독에 물을 붓는 건 낭비겠지만, 될성부른 나무에 물을 주는 건 투자다.

"그 건에 대해서는 도움을 줄 만한 사람을 알아."

"정말요? 도와주실 거예요?"

숙였던 얼굴을 드는 소피를 보며 피식 웃다가, 한 교수에게 물었다.

"교수님. 이번에 나는 신도시 중앙대로 사업 언제쯤 끝나나요?"

"음. 도로는 이번 해 여름이면 끝날 거고, 정비는 늦어도 연말이면 마무리될 거야."

"유입 인구가 꽤 되겠죠?"

"응. 태화강을 끼고 울산을 관통하는 도시계획의 중심이니까. 아마 개통되면 이용하는 사람들의 숫자가 어마어마할 거야."

"제일 유동 인구가 많고, 볼거리가 많은 곳이 어딘가요?"

잠시 고민하던 한 교수가 말했다.

"음. 아마도 중구와 남구를 잇는 나들목이 될 거야. 주변 공간이 넓기도 하지만, 태화강을 끼고 있어서 경관도 좋지. 사람들이 몰릴 수밖에……."

"입점 업체들은 정해졌나요?"

한 교수가 고개를 끄덕였다.

"역시 거기를 생각했던 모양이구나. 하지만 거기는 어려울 거야."

"왜요?"

"시의원이란 것들이 차지하고 앉았거든. 명의는 달라도, 죄다 그 인간들 인맥이라고 보면 돼."

쥐꼬리만 한 그것도 권력이라고. 휘두르는 사람들에게 씁쓸한 한숨이 나왔다.
"한심하네요. 휴."
"어쩌겠냐? 이게 현실인데."
건축가들은 도시의 발전을 위해 머리를 싸매고 있는데, 정치한다는 사람들은 거기에 편승해 자기 이익만 생각하고 있었다.
한국만 이렇겠는가?
어딜 가도 사람 사는 곳이라면 똑같지 않을까?
휴대폰을 꺼내 들었다.
"되든 안 되든, 한번 물어나 봐야죠?"
"누구한테?"
"울산의 일은 울산의 권력자에게 물어봐야겠죠."
"시장님. 소피 기억하시죠?"
-아! 그럼 기억하다마다. 성훈이 여자친구잖아.
호쾌한 농담으로 시장은 전화를 받았다.
"아 쫌! 시장님."
여자친구라는 말을 하지 말라는 의도였지만, 시장에게는 먹히지 않았다.
-성훈아. 나는 말이야. 현주인가 하는 아가씨보다 소피아가 더 좋아. 대차 보이지만, 분위기가 있어. 아마 다른 사람한테는 차가울지 몰라도, 책임감도 있고 특히나 너한테는 되게 잘할걸!

불편해하는 내 속을 모를 리가 없지만, 모르는 척 너스레를 떨며 끝까지 말하는 시장이었다.
'누가 너구리 아니랄까 봐.'
"그걸 한 번 보고 어떻게 아십니까?"
-내가 맞을 거야. 내기해도 좋아. 사람 보는 데는 내 눈 따라올 사람 몇…….
더 이야기하다가는 2세 계획까지 나오게 생겼다.
시장의 말을 잘랐다.
"그거 얘기하려는 게 아니라 부탁하고 싶은 게 있어서 전화 드린 겁니다."
-그럼 그렇지! 네 녀석이 안부나 물을 놈은 아니지. 그래서 내가 질부한테 뭘 해주면 되는데?
'크. 질부라니…….'
얼떨결에 나를 자기 조카로 만드는 시장이었다.
질부면 어떻고 아니면 어떠리!
말하지 않아도 이미 의도를 알고 있는데.
'하지만 어떻게 알았지?'
그에게 물었다.
"어떻게 아셨어요?"
-흥! 내가 너를 모르냐? 네 일이었으면 부탁이 아니라 딜을 걸었겠지. 그럼 남은 건 소피아 양뿐이지. 네 첫마디가 그거였어. 이놈아.

'이러면 이야기가 빠르지.'

바로 본론으로 들어갔다.

"그녀는 Germany Craft라는 가구회사 직원이에요."

-아! 그 가구회사 알지! 굉장히 유명하지. 오! 대단한 인재였네. 얼굴만 예쁜 줄…….

"하여간 그녀가 우리 학교에 지점 겸 서양 가구 공방을 만드는데, 판매처가 아직 없어요."

시장이 호쾌하게 물었다.

-그래? 그 자리 내가 만들어주지. 내가 질부…….

"남구 나들목 쪽에 자리가 있나요?"

-…….

시장의 말이 잠시 멈췄다.

시의원들과 연관되어 있으니, 쉽지는 않겠지.

"곤란하신가 보네요. 그럼 다른……."

-아냐! 원하는 자리 찍어. 몇 개가 되었든 내가 책임지지.

"혹시 곤란한 부탁드린 건 아닙니까?"

-신경 쓰지 마! 지지율이 얼만데, 시의원 나부랭이들이 감히 나를 어찌할 수 있을 것 같아? 그깟 것들 한 트럭보다 우리 성훈이가 더 중요하지. 크하하.

"저 때문이라면 무리하지 않으셔도 됩니다."

'이런 부분은 명확하게 짚고 넘어가야지.'

시장에게 신세를 지면 반드시 갚아야 한다.

-이 녀석이! 날 뭐로 보고!

시장이 말을 이었다.

-그 인간들은 휴게소 같은 구멍가게나 만들어서 제 이득이나 챙기려는 것들이야. 관광객들 호주머니 털려는 속셈이지.

"……."

-하지만 이건 다르잖아. 그 매장에는 전국의 돈 있는 사람들이 다 한 번씩 기웃거릴 텐데. 비교가 되냐?

'역시 보통 너구리가 아니야.'

시장은 말하지 않아도, 내 의도를 알아챘다.

안 그랬다면 시장을 설득해야 했으리라.

"감사합니다. 그럼 이번 해 말 정도에 입점할게요. 대략 3, 4개쯤 될 겁니다."

-으헉! 그렇게나 되냐?

"네. Germany Craft는 브랜드가 여러 개거든요."

여러 회사를 합자하면서도, 그 브랜드의 가치는 그대로 살렸기 때문이었다.

-그럼 더 좋지! 말만 해 둬라. 바로 될 거다.

"감사합니다. 시장님."

-성훈아. 사람은 신세 진 거 잊으면 안 된다.

나라고 할 말이 없겠어?

"시장님도 도시계획, 잊으시면 안 됩니다."

-끄응. 알았다. 이 녀석아. 월드컵 끝나면 보자.
그는 아직도 헛된 꿈을 꾸고 있었다.
한국이 16강에서 떨어진다는 그런 꿈!
"네. 그러시던가요?"
-끄응. 질부한테 안부나 전해 줘.
"아! 쫌! 시자……."
-뚜. 뚜. 뚜.

대요. 그 전까지는 제가……."

유럽이라 남녀 차별은 덜하겠으나, 전혀 없기야 하겠는가?

'임시직이라는 거네.'

아무리 냉혈한이라고 해도, 이제 두 살배기 아들에게 사업을 물려준다는 말을 할 수는 없었으리라.

내 마음을 아는지, 묘한 미소로 나를 올려다보는 그녀를 위로했다.

"힘든 짐을 짊어졌구나. 소피."

어린 그녀가 짊어지기에는 회사가 너무 컸다.

그리고 앞으로도 계속 규모를 키워갈 것이다.

그녀의 아버지가 야망을 버리지 않는 한, 계속 말이다.

"괜찮아요. 비서 아저씨도 있고, 공장에 도와주실 할아버지 친구분들도 많으세요."

그게 사실일지 몰라도 나는 다르게 받아들일 수밖에 없었다.

엄마의 부재로 그렇게 힘들어했던 소피였다.

그로부터 일 년이나 지났다고 하지만, 아직은 가족의 품이 그리울 터!

'거기가 그렇게 좋았으면, 여기 왔겠어? 더 좋아하는 게 있으면 몰라도.'

여렸던 그녀의 모습을 기억하는 내게는 이런 마음이 짙었다.

'여기 있는 동안은 내가 힘이 되어줄게.'
"뭐하러 이렇게 먼 곳까지 왔어. 다른 나라도 많이 있었을 텐데."
그녀가 속도 없이, 배시시 웃었다.
"여기는 성훈 씨가 있잖아요."
한 교수가 의아해하며 물었다.
"내가 잘못 보는 건가? 성훈이와 아는 사이라는 건 아는데, 며칠 안 본 사이 아닌가?"
"네. 소피하고는 한 2주 정도 같이 여행을 한 사이죠. 그렇지? 소피."
"그래?"
한 교수는 아직도 미심쩍은 눈으로 고개를 끄덕였다.
"사실입니다. 그것뿐이에요."
"그런 것치고는, 소피아 양은 널 너무 믿는 것 아니냐?"
'이 양반이! 내가 뭐가 어때서?'
어이없는 웃음을 짓는데, 소피가 대답했다.
"네. 성훈 씨는 신뢰할 수 있는 사람이에요."
확신 가득한 목소리였다.
한 교수가 나를 힐끔 보며 물었다.
"어떤 이유로 우리 성훈이를 그렇게 믿는 건지 물어봐도 될까요?"
'이 양반이…… 무슨 말을 하려고.'

전화를 끊고 소피를 돌아보았다.
"이제 됐어. 지금부터는 학교에 공방을 만드는 일에 집중해."
"고마워요. 성훈 씨."
그녀도 총장과 계약을 말하면서, 뭔가 부족한 것이 있다고 느꼈을 것이다.
'다만 경험이 부족했던 거지.'
그녀를 보며 고개를 저었다.
"괜찮아. 멀리서 왔는데, 이 정도는 해줘야지."
나중에 그녀의 회사가 가진 판매망은 분명히 내가 하는 일에 도움이 될 것이다.

공방 설립에 결정적인 도움을 주지는 못했지만, 기억에 남을 만한 도움을 줬으니 이것으로 만족하기로 했다.

'당장은 이득이 되지 않지만, 나중에 유럽에 진출할 때! 그때는 어마어마한 힘이 될걸!'

속으로 쾌재를 부르고 있는데, 한 교수가 놀리듯 말했다.

"그래. 연인 사이에 무슨 내외를 하고 있어."

소피는 얼굴을 붉힌 채 고개를 숙였고, 나는 벌떡 일어나며 소리를 질렀다.

"교수님까지 이러시기에요? 연인은 무슨. 소피랑 저랑 나이가 얼마나 차이 나는데……."

한 교수가 빙글거리며 코웃음 쳤다.

"흥. 네 살이냐? 궁합도 안 본다는 그 네 살?"

"어쨌거나 자꾸 그렇게 남녀 관계로 엮지 마세요. 소피가 어색해하잖아요."

눈치를 보니, 계속해서 놀리려는 심산이었다.

'쯧쯧. 나이도 지긋하신 양반이…….'

주제를 돌릴 겸, 소피를 보며 물었다.

"그런데 왜 소피가 후계자 수업을 받는 거야?"

그녀에게 나이 차가 꽤 나는 늦둥이 남동생이 있기에 묻는 말이었다.

"아빠는 '알프'를 사업가로 키우고 싶은 생각이 없으신가 봐요. 아직은. 나중에 사업에 관심을 보이면 생각해 보시겠어제부터 함께 있었다고 했으니, 많은 대화를 나눴을 것이다.

일 이야기만 하지는 않았을 거 아냐!

그 둘의 공통 주제가 뭐가 있어?

'당연히 나밖에 없지!'

그럼 왜 그는 이런 말을 하는 걸까?

그 생각을 하자, 한 교수의 속이 훤히 보였다.

'소피가 내게 관심 있는 것 같으니까, 고백하게 하려고 부추기는 거구만.'

그의 장난스러운 얼굴에 확신이 굳어졌다.

'속에 있는 이야기는 하지 않았더라도, 소피가 내게 관심이 있다는 건 확인했겠군.'

나도 알 정도였는데, 한 교수가 왜 모르겠나?

그 속을 아는지 모르는지, 소피는 진지했다.

"우리 가족은 성훈 씨에게 큰 신세를 졌어요."

"신세?"

한 교수는 고개를 갸웃하며 나를 쳐다봤지만, 내가 대답해 줄 리가 있냐!

소피가 말하지 않는데, 물어볼 수도 없지.

그것만으로는 아직 성에 차지 않는지, 그가 말을 이었다.

"흠. 그렇다치고! 단지 그것만으로?"

소피가 손사래 쳤다.

"아뇨. 그럴 리가요. 또 있죠! 성훈 씨는 할아버지와의 약속을 지켰어요."

이번에는 내가 고개를 갸우뚱했다.

"내가? 무슨 약속을 했는데?"

소피가 함박웃음을 지었다.

"성훈 씨가 돌아가고 한 달 후인가에 '짜파게티' 두 박스를 받았거든요."

"아하!"

귄터와 지나가는 말로 약속을 했었고, 나는 돌아오자마자 짜파게티를 보냈었다.

"그런 사소한 약속조차 잊지 않는 남자는 평생을 믿을 수 있다고……."

그녀는 그윽한 눈으로 말을 이었다.

"할아버지가 말씀하셨어요. 그의 남자 보는 눈은 수준급이거든요."

한 교수가 너털웃음을 지었다.

"허허허. 라면 두 박스에 이런 미인을……. 도둑놈 같으니라고."

"도, 도둑놈이라뇨! 콜록! 소피, 오해하지 마. 그건 약속이었을 뿐이야. 약속은 지켜야 하는 거고."

한 교수의 놀림에 당황해서 나도 모르게 사레가 들렸다.

소피아는 담담히 고개를 끄덕였다.

"네. 맞아요. 그것만으로도 성훈 씨는 충분히 믿을 만한 남자예요."

두 사제지간의 말다툼을 보며, 소피는 커피잔을 기울였다.
'그거 말고도 이유는 많죠.'
차마 못다 한 말들을 속으로 읊조렸다.
'당신 같은 남자는 처음이었거든요.'
원인을 알 수 없는 끌림이랄까?
처음 보는 순간부터 따뜻한 커피를 건네고 싶었다.
이유는 지금도 알 수 없다.
'애초에 이유 따위는 상관없었을지도 몰라.'
하얀 눈밭에서 그림을 그리는 동양인 남자가 그냥 눈에 들어왔을 뿐이다.
추위를 잊은 채, 담담하게 롱샹을 그리는 모습이.
그에게 건넨 커피 한 잔은 롱샹에서의 추억을, 그리고 노숙하며 먹었던 매콤한 라면과 와인을 지나, 십 년을 넘게 가슴 아프게 했던 고집 센 두 남자를 화해시켰다.
'짜파게티 따위는 없었어도, 당신은 충분히 믿을 수 있는 사람이었어요.'
그녀의 아버지가 동양권 지사를 말했을 때, 선뜻 자원했던 것도 성훈을 만나고 싶어서였다.

일본도 지사 물망에 올랐지만, 한국을 주장했던 것도 소피아 자신이었다.

'영문을 모르는 아빠와 귄터에게 성훈 때문이라고 말했었지.'

귄터는 대뜸 찬성을, 아빠는 여행 동안 있었던 이야기를 듣고는 허락했다.

믿을 수 있는 남자라면서.

고집쟁이 두 남자의 의견이 일치하는 경우는 거의 없었는데……

일 년 만에 재회했음에도 그는 담담했다.

일부러 몸매가 드러나는 캐주얼을 입었음에도.

'알고 있어요. 당신이 아직은 나를 여자로 보지 않는다는 것 정도는.'

침착하자고 두근거리는 심장을 달랬음에도, 막상 그를 만났을 때는 이미 그의 품에 안겨 있었다.

지금 떠올려도 여전히 얼굴이 붉어졌지만, 그때의 행동을 후회해 본 적은 없다.

다만 미운털이 박힌 건 아닐까, 걱정되었을 뿐이다.

'다른 사람의 시선이 신경 쓰였던 걸까?'

팔로는 자신을 꼭 안아주면서, 입으로는 담담한 두 마디를 건넸을 뿐이다.

'오랜만이네. 잘 지냈어?'
생각해 보면 야속하기 그지없었다.
'보고 싶었다는 말, 한 마디 정도는 해줄 수 있는 거 아냐?'
그러나 변하지 않는 그 모습이 좋았다.
나이답지 않은 자제력과 남자다움.
모닥불에 자신을 누이려고 안았을 때도.
호수 위 카약에서 조용히 가슴을 빌려줄 때도.
하지만 이 이야기는 아무에게도 하지 않았다.
'이건 나만의 기억으로 남겨두고 싶어.'
그에게 어울리는 사람이 되기 위해, 한국어를 공부했고 사업을 배웠다.
둘의 티격거림을 보며 다짐했다.
'사랑한다는 이유로 짐이 되지는 않겠어요. 하지만 계속 두드릴 거예요. 당신이 마음을 열 때까지.'

"하여간 우리 둘은 교수님이 생각하시는 그런 관계가 아닙니다."
"그래. 그렇게 믿도록 노력은 해보지."
"거참. 그런 게 아니래도……."
아직 한 교수의 말은 끝난 것이 아니었다.

"내 예상이 맞다면, 앞으로도 Germany Craft는 계속 기업 합병을 추진할 것 같던데?"

"네. 아빠는 욕심이 많거든요."

그럴 거다.

지난 삶에서의 그는 유럽의 이름난 가구회사 반 이상을 Germany Craft라는 이름으로 묶었으니까.

"흐음. 그걸 과연 소피아 양 혼자서 할 수 있을까? 든든한 반려가 있어야 할 것 같은데?"

짓궂은 질문을 하며, 그가 소피에게 눈을 찡긋거리는 게 보였다.

'아! 얄미워. 그래요. 이제 볼 시간도 얼마 안 남았으니까, 얼마든지 놀리셔!'

소피도 그의 의도를 눈치챈 모양이었다.

어떻게든 나와 자신을 이으려는 것 말이다.

한 교수의 말에 동조하며, 나를 곁눈질하며 웃었다.

"음. 능력 있는 남자라면, 괜찮지 않을까요?"

내 눈치를 슬쩍 보며, 한 교수가 넌지시 말했다.

"우리 성훈이 정도면 어때요?"

'둘이서 아주 대놓고 핑퐁을.'

"아! 교수님!"

벌떡 일어나 고함을 질렀지만, 한 교수는 앉은 채로 어깨만 으쓱할 뿐이었다.

"야! 물어보는 것도 안 되냐? 그리고 너한테 물은 것도 아닌데, 왜 흥분하고 그래? 안 그래요. 소피아 양?"

소피가 날 슬쩍 올려다보고는 답했다.

"성훈 씨라면 다들 환영하실 걸요. 할아버지도, 아빠도."

한 교수가 능글맞게 웃으며 말했다.

"이렇단다. 이 도둑놈아. 라면 두 박스에 대기업 사장 남편이 되게 생겼네? 이게 도둑놈 아니면 뭐냐? 하하하."

'이 양반이 정말!'

혼자서만 당할 수 있나?

내가 왜 서울에서 한달음에 달려왔던가?

"교수님. 해명을 해주시죠. 왜 절 현재에 팔아넘기셨는지."

심통이 난 듯, 그가 쏘아붙였다.

"나도 고생하니까, 너도 고생 좀 하라고 그랬다. 왜!"

"덕분에 제가 얼마나 고생을 했는지 아십니까?"

그는 어이없다고 웃으며 반박했다.

"아하! 그래? 투시도 6장 그려주고 6억 받았다면서? 이 도둑놈아! 그럼 이렇게 따질 게 아니라, 나한테 고맙다고 절이라도 해야 하는 것 아니냐?"

"도둑은 무슨? 충분히 그 값 해주고 왔다고요."

한 교수를 보며 말을 이었다.

"왜요? 사장이 비싸대요?"

그는 능글맞은 웃음으로 답했다.

"전혁! 마음에 쏙 든단다."

"사는 사람이랑 파는 사람이 만족했으면 됐지!"

"내가 몇 달 동안 5억짜리 설계도 그렸는데, 넌 하룻밤 사이에 6억을 쓱싹한 거 아니냐?

"5억이나 받으셨으면 됐죠. 뭘 그러세요. 도면 몇 장 그려 놓고, 그만큼 챙기신 교수님이 더 도둑놈이시구먼."

기가 찬다는 듯, 한 교수가 말했다.

"야! 내가 그거 혼자 먹냐? 구조기술사, 전기, 소방, 나가는 데가 그거뿐인지 알아? 난 다 나눠 먹는 거지만, 넌 그거 혼자 먹은 거잖아."

"큭!"

한 교수가 투덜거렸다.

"너 6억 벌 동안 나는 뭐 한 줄 아냐?"

"뭐요?"

"소피한테 꽉 붙들려서 이 서류 작성하고 있었다. 이제 답변이 됐냐? 이 자식아."

"쳇 남자가 쪼잔하게. 그런 거로."

"부러워서 그런다. 왜?"

부럽다는데 무슨 말을 더 할 것인가?

"흥! 그래서 뭐 어쩌라고요."

그는 나 대신 소피를 보며 말을 이었다.

"소피아 양, 불고기 먹어 봤어요? 한국에 오면 그거 꼭 먹어 봐야 하는데."

"정말요? 드라마 보면서 그게 가장 먹고 싶었던 건데."

소피아의 하얀 얼굴에 환한 미소가 번졌다.

한 교수가 일어서며 말했다.

"언양 가서 불고기나 쏴라. 그럼 내 도둑놈 소리는 안 하마."

언양 00 불고기집 매화실.

소피는 석쇠 위의 불고기를 연신 뒤집고 있었다.

"어머! 냄새가 너무 좋아요!"

"그래. 소피도 많이 먹어."

맞은편의 한 교수도 장난기를 걷어내고, 진지한 얼굴로 앉아 있었다.

"이제 울산 도시계획 문제만 처리하면 여기 일은 끝나는 거겠네?"

"네. 교수님께서 지금까지 해 오셨으니까, 쉬다가 지겨우면 옆에서 좀 도울까 싶네요."

한 교수가 피식 웃었다.

"아서라. 그냥 쉬어. 막상 시작하면 죽자고 덤벼들 놈이……."

하지만 그의 말을 부정할 수는 없었다.

씨익 웃으며 그에게 소주병을 내밀었다.

"교수님. 한잔 받으시죠."

찰랑이는 술을 보며 그가 물었다.

"그동안 고생 많았다. 네 녀석 덕분에 나도 많이 배웠구나."

"영 가는 것도 아닌데. 무슨……."

한 교수가 혀를 차며 웃었다.

"쯧. 그러게 말이다. 어쨌거나 너무 무리하지 마라. 서울 올라가기 전에 또 한 번 들르고."

그의 진심이 담긴 말이었다.

그의 한국 생활은 나와 함께한 거나 진배없으니, 어찌 그 감회가 다른 이와 같을 수 있으랴!

두 사이에는 사제지간을 넘어선, 가족 같은 정이 있었다.

"알았어요. 건축가들은 잘 관리되고 있나요?"

"응. 대단한 인재들이야. 하나하나가 모두 메인 건축가라고 해도, 전혀 어색하지 않을 정도지."

한 교수의 말을 들으며 속으로 미소 지었다.

'그럴 겁니다. 이미 검증된 사람들이니까요.'

그들이 내게는 제갈량이요, 여포였다.

하지만 그들은 너무 젊었다.

지난 삶에 봤던 것처럼 산전수전을 다 겪은 베테랑들이 아니라는 말이다.

세계를 상대하는데, 어찌 대충 준비하고 나갈 수 있으랴!

아무리 명검이라도 다뤄보지 않으면 모른다. 그들의 강점과 취약점을 먼저 파악해야 했다.

그걸 점검하고 보완하는 역할을 한 교수가 맡았다.

'그러기 위해서는 예행 연습이 필요했지.'

고심 끝에 선택한 무대가 울산이었다.

"도시계획은 차질 없이 마무리되어 가는 거죠?"

한 교수가 구워진 고기를 내 접시에 올렸다.

"그래. 거의 마무리됐어. 하지만 우리 계획이 얼마나 적절했는지는 몇 년 후에나 확인할 수 있을 거야."

"그렇겠죠. 계획과 실제는 다른 거니까."

도시계획이든 건축이든 이론만으로 할 수밖에 없다.

모든 시작은 점 하나, 선 하나에서 비롯된다.

실패를 통한 노하우가 적용된다 할지라도, 수많은 시민을 상대로 하는 것에는 알지 못하는 변수가 많았다.

하지만 한 교수는 자신했다.

"그래도 이보다 울산에 더 잘 어울리는 도시계획은 없어! 그건 확신해."

그것들을 완벽하게 제어할 수 있을 그때가 세계에 진출하는 날이 될 것이다.

넉넉잡아 5년 안에 말이다.

"학교 일은 이제 거의 마무리됐는데, 서울에서 할 계획은 다 세운 거냐?"

한 교수는 나의 목적을 알고 있었다.

"네."

"앞으로 네가 할 일이 막중하구나. 어르신도 말씀은 안 하시지만, 네가 무리할까 봐 걱정하시는 낌새더라."

내 든든한 후원자들은 모두 울산에 있었다.

말하지는 않지만, 뒤에서 묵묵히 응원하는 사람들.

그들의 마음에 가슴이 찌르르 울렸다.

머쓱하게 웃으며 말했다.

"제가 좋아서 하는 일인데요. 뭐. 오히려 교수님께서 저 때문에 고생이 많으시죠."

"알기는 아는 거냐? 재미있는 일 할 때, 나중에 우리 빼면 안 된다?"

그가 웃으며 잔을 비우고는 내게 내밀었다.

잔을 밀며 말했다.

"아뇨. 전 운전해야죠. 여기……."

쪼로록.

잔을 받은 한 교수가 말했다.

"참! 그런데 그거 알고 있냐?"

뜬금없는 질문이었다.

"무슨 말씀이세요? 밑도 끝도 없이."

"아니다. 아직 말할 때가……."

숨기는 듯한 모습에 말꼬리를 잡고 물었다.

"아니긴 뭐가 아닙니까? 뭔가 염려가 되니까 말씀 꺼내셨으면서."

씨익 웃는 나를 보며 잠시 고민하다가, 그가 결국 말을 꺼냈다.

"우리 팀에 S대를 나온 친구들이 많이 있잖니?"

"그런데요?"

"아직 확실한 건 아닌데, 자기네 모교에서도 전통학과를 만들려는 움직임이 있다고 하더구나."

"정말요?"

"그러니까 아직 확실치는 않다고······."

미간을 좁히는 내게 한 교수가 얼버무렸다.

"그런 말이 나왔다는 게 중요하죠."

아니 땐 굴뚝에 연기가 날 리 없다.

내가 이런 반응을 보일까 봐, 망설였던 모양이다.

'하지만 말을 하지 않을 수도 없었겠지.'

씁쓸한 한숨을 목으로 넘겼다.

"교수님과 한 잔 더 할 시간이 있다고 생각했는데, 오늘이 마지막이 되겠군요."

그가 화들짝 놀라며 물었다.

"왜? 바로 움직이려고?"

"네. 하루라도 빨리 움직여야죠. 감히 추월할 생각을 하지 못하도록 벌려야 하니까요."

한 교수가 씁쓸한 미소를 지었다.

"이거 마지막 가는 날인데, 성훈이랑 술 한 잔 못 기울여서 어떡하나. 섭섭해서."

하지만 어쩔 수 없었다.

선발주자의 강점은 추월당하는 순간, 사라진다.

내 접시에 연신 고기를 퍼 나르느라, 정신없던 소피가 그 말을 들었던 모양이다.

"네. 성훈 씨도 한잔하세요."

단호하게 말했다.

"안 돼. 내일 바로 서울로 올라가야 돼."

소피가 한 교수를 쳐다보며 물었다.

"또요?"

뜨끔한 한 교수가 손을 내저었다.

"아냐! 나 때문에 가는 거 아냐? 안 그러냐?"

한 교수의 과잉 반응에 피식 웃음이 나왔다.

"그래. 다른 일로 가는 거야."

"이번에는 언제 내려와요? 모레?"

난감한 표정으로 말했다.

"아마 당분간은 내려오기 어려울 거야. 계속 거기 있을 거거든."

그녀가 입을 삐죽이며 울상을 지었다.

"그런가요?"

"그래. 좀 더 도와주고 싶었는데, 미안하네."

그녀가 도리질 쳤다.

"아니에요. 지금도 충분해요."

"그렇게 생각해 줘서 고마워."

"그럼. 울산에서 마지막 술자리겠네요?"

"그렇게 되는 건가?"

그녀도 나도 애써 섭섭함을 감췄다.

소피가 말했다.

"그럼 한잔하세요. 교수님이 섭섭하시겠어요."

"운전은 누가 하고?"

내 물음에 소피가 손을 번쩍 들었다.

얼굴에 웃음을 가득 띤 채 말이다.

"제가요!"

그녀가 운전을 자청하고 나섰다.

"소피. 당신이?"

"네! 왜요? 못 미더우세요?"

일 년 전, 그녀와의 하룻밤이 생각났다.

"음. 그때 우리가 뭐 때문에 노숙을 했더라."

소피가 모를 리가 없지.

그녀의 얼굴이 발갛게 물들었다.

그와 반대로 내 입꼬리는 짓궂게 올라갔다.

"시속 40km의 실력으로?"

소피가 눈을 흡떴다.

아무리 그래도 안 무섭거든!

"오늘 내로 울산으로 돌아갈 수 있을지 몰라?"

놀리는 말에 한 교수가 진지한 표정으로 물었다.

"정말 그래? 그 정도야?"

뚱하게 삐쳐 있는 소피를 힐끗 보며 말했다.

"괜히 제가 프랑스에서 노숙한 줄 아세요? 아우. 한겨울에 동사하지 않은 게 다행이라고요."

소피가 달아오른 얼굴로 뾰로통하게 답했다.

"그때는 완전 초보였다고요."

"지금은? 많이 나아졌어?"

"그럼요. 비교가 안 되죠. 제가 아우토반을……."

"아우토반을 뭐?"

"저, 정속주행 한다고요."

한 교수가 말했다.

"그래. 40키로면 어때! 천천히 가도 안전하기만 하면 돼!"

"40키로 아니라니까요!"

소피의 신경질을 뒤로 하고, 한 교수가 말했다.

"이제 마지막이 될지도 모르는데, 운전은 소피아 양에게 맡기고 한잔하자꾸나."

그녀는 턱을 내밀며, 당차게 말했다.

"이제는 맡겨도 안심할 수 있을 거예요. 진짜!"

'풋. 그래. 천천히 가도 안전하기는 하더라.'

그녀에게 자동차 키를 건넸다.

"믿어! 소피. 안전운전."

"알았어요."

"자. 그럼 거국적으로 한잔할까? 받아라."

"그럴까요?"

잔을 내미는데, 소피가 소주병을 들고 있었다.

"뭐하는 거야?"

"제가 한 잔 따라 드릴게요."

한국에서 여자가 술 따르는 의미를 아는 것인가?

다 함께 따르고 건배하는 것과는 다른 분위기다.

강제하는 것이 아니기에, 성추행은 아니라 해도, 어색하기는 매한가지였다.

성훈이 피식 웃었다.

"한국에서는 여자가 외간 남자에게 술 따르면 안 된다는 것 몰라?"

소피가 배시시 웃었다.

"알아요. 하지만 성훈 씨는 달라요."

한 교수도 옆에서 거들었다.

"그래. 성훈아. 한 잔 받는 게 뭐 어때?"

성훈이 굳은 얼굴로 말했다.

"그래도 안 됩니다. 사람들 보기도 좋지 않고, 무엇보다도 제가 마음이 안 편합니다."

소피의 얼굴에 실망이 어렸다.

한 교수가 투덜거렸다.

"목석 같은 놈. 술 한 잔 받는 게 뭐 그리 어렵다고. 나 같으면 좋다고 받겠구먼. 저런 미인이 술 따르는 기회가 얼마나 있다고."

"안 되는 건 안 되는 겁니다."

한 교수가 술잔을 냉큼 비우며 말했다.

"허허. 소피아 양. 그럼 나한테……."

다분히 장난끼가 가득한 얼굴이었다.

소피아의 눈매가 하늘로 치솟았다.

"외간 남자한테 술 따르면 안 되는 거라면서요. 흥."

소피가 자동차 키를 들고 일어섰다.

"화장실 다녀올게요. 두 분이 맘껏 따라 마시세요."

그녀가 사라지고, 한 교수가 물었다.

"소피아가 싫으냐?"

왜 그녀가 싫겠는가?

"그녀가 저한테 호감이 있다는 건 압니다."

"그걸 아는 녀석이 그래?"

"소피가 아직 사랑이 뭔지 몰라서 저러는 거예요. 어린 치기에 호감과 착각하는 걸 수도 있고."

한 교수가 진중하게 물었다.

"그래서? 어쩌려고?"

"좀 더 시간이 지나고, 그녀가 감정을 제대로 다스릴 수 있을 때, 그때 다시 생각해 보려고요."

그때도 여전히 이렇다면, 나도 내 마음을 드러내도 괜찮지 않을까?

"너무 깊이 생각하는 것 아니냐? 때로는 불타는 사랑도 있을 텐데."

어쩌면 나 스스로의 미안함인지도 모른다.

사랑해 줄 자신이 없느냐면, 그것도 아니다.

좋은 여자라는 것을 알면서도, 함부로 취하지 못하는 것은 중년의 양심 때문일지도 모른다.

'장가를 빨리 갔으면, 저만한 딸이 있을지도 모르는데…….'하는 자격지심 말이다.

사랑은 쟁취하는 거라고 말하지만, 과연 내게 그럴 자격이 있을까?

그녀에게도 다른 사람과 비교해 볼 자격이 있는 것 아닐까?

한 교수가 물었다.

"소피아가 진심이 아닐까 걱정하는 거냐?"

"아직 스스로 판단할 나이는 아니라는 거죠."

"너. 서양 사람들이 한국어를 배운다는 게 얼마나 어려운 일인지 아냐?"

그걸 어찌 모르랴!

어순은 물론이고, 알파벳도 모양 자체가 다른데!

잠자코 있는 날 보며 그가 말을 이었다.

"그런데! 난 소피아가 어순 틀리는 것도 한 번 못 봤다. 쓰는 건 아직 좀 서툴더라만."

"한글 익히는 건, 한국에 관심만 있으면 하는 거고. 대장금 팬이라잖아요."

"눈치가 없는 건지, 알면서도 모르는 척하는 건지. 속을 알 수가 없어. 이 능구렁이 같은 놈."

"훗."

더 무슨 대꾸를 하랴!

그냥 말없이 웃었다.

한 교수가 아쉬움을 한숨을 내쉬었다.

"한 가지 확실한 건, 보통 정성으로는 그게 불가능하다는 거야. 알지?"

그의 답답한 심정이 내게 와 닿았다.

"네. 다 아는데, 저렇게 여려서는 제 옆에서 못 버텨요."

카약에서 떨리는 어깨를 감싸주며, 얼마나 마음이 아팠던가?

'그때의 느낌이 그대로 남아 있는데……'

한 교수는 전혀 그의 말에 공감할 수 없었다.

'기가 막히고 코가 막히네. 어제 나한테 하는 걸 봤으면 네 놈이 절대 그런 소리 못할 텐데.'

그는 급히 잔을 비우고 성훈에게 내밀었다.

억울한 속을 풀어줄 것은 술밖에 없었다.

"뭐? 여려? 그런 애가 총장을 상대로 저런 계약서를 작성하냐?"

"일과 감성을 같이 놓으면 안 되죠. 쟤. 알고 보면 굉장히 마음 약한 애예요."

"마음이 약해? 허 참! 그런 애가 나를 이렇게 곤죽으로 만들어? 두 번 약했다가는 사람 잡겠다!"

소피와 무슨 일이 있었는지 몰라도, 좀 더 겪어 보면 마음이 달라지리라 생각했다.

"피. 고작 하루 보셨으면서."

"하루에 이만큼 당했으면 다 아는 거지?"

한 교수가 보는 소피는 얼굴만 천사지, 일에 관해서는 마녀 같은 여자였다.

흠잡을 데 없는 얼굴로, 계약서의 흠은 얼마나 귀신같이 잡아냈던가?

'읽을 줄 알면, 쓸 줄도 알던가!'

어제 소피의 일은 응당 성훈이 맡았어야 하는 거였다.

'꿩 대신 닭이라고, 난 네 녀석의 할 일을 대신 도와줬던 거라고.'

처음에는 그나마 딱딱했지만 부드러운 면이 있었는데, 현재 사장과의 통화 후에는 그녀가 돌변했다.

아니! 말과 행동은 다름이 없었다.

달라진 건, 냉기가 풀풀 흘렀다는 거지.

'척 봐도 성훈이가 좋아 죽는데, 받아주질 않으니 딴 곳에 푸는 거지.'

거기다 겹쳐 심술을 부린다고, 성훈을 현재 사장에게 팔아 넘겼으니, 소피의 분노가 모두 자신에게 쏟아졌던 것이다.

"훗! 그렇게 고분고분한 애한테 무슨."

성훈의 말에 한 교수는 가슴을 텅텅 쳤다.

"으이구. 이 멍청아!"

'소피아가 고분고분한 상대는 너뿐이란 말이다.'

"훗!"

짧은 웃음에 한 교수는 더 기가 막혔다.

"허허. 이거 참. 말을 말자."

잔을 비우며 그가 확신했다.

"하여간 너한테는 두말할 필요도 없이 딱 어울리는 배필이야."

성훈이 그의 말투를 똑같이 따라 하며 대꾸했다.

"어쨌거나 전 아직 사귈 생각 없습니다."

"그래. 그렇겠지."

한 교수가 건성으로 고개를 끄덕였다.

'하지만 과연! 네 뜻대로 될까?'

소피아가 밝은 표정으로 불고기 두 접시를 양손에 들고 오고 있었다.

한 교수가 길게 한숨을 내쉬었다.
"그렇게까지 긴장할 필요 있겠니?"
내 반응이 너무 과하다고 판단했던 모양이다.
하지만 내 생각은 달랐다.
"휴! 제가 너무 설치고 다녔네요. 이제 그들도 전통이 상품성이 있다는 생각이 든 거겠죠."
"아직은 그렇다 할 움직임이 없잖아."
S대가 그런 생각을 했다면, 다른 학교 혹은 기업에서도 비슷한 생각을 했을 것이다.
'알만한 사람들은 다 안다는 거네.'
그런데도 움직이지 않는 이유는 하나였다.
"지켜보는 거겠죠. 제가 성공하는지 실패하는지."
내 말에 한 교수는 진중하게 고개를 끄덕였다.
"성공하면 바로 뛰어들 생각이겠구나."
"네. 아직 확실하지도 않은 것에 투자하기는 싫다는 거겠죠."
내 성공을 보는 순간, 득달같이 달려들어 나를 추월하려 할 것이다.
그들은 그것이 가능했다.
'가지고 있는 인맥, 경제력이 다르거든.'
더군다나 후발주자의 강점은 선례가 남긴 실수를 하지 않는다는 데에 있었다.

그들은 그동안의 내 노력을 한순간에 뒤집을 수 있는 무서운 존재들이었다.

"네가 올라간다고 해서, 크게 달라질 게 있을까? 차라리 쉬면서 재충전하는 것도 괜찮지 않아?"

그의 목소리가 술에 젖어 나지막하니 울렸다.

무표정하게 생각에 잠겨 있으니까, 한 교수가 술을 따르며 하는 말이었다.

"아뇨. 지금이 적기예요."

"어떻게?"

"아직 그들은 사람을 모으지 못했어요."

"음. 하긴 모으려면 금방이겠지."

"네. 적어도 대목장 정도의 인지도 있는 사람을 모을 수는 없겠죠."

남은 두 명의 대목장을 차지하는 자가 경쟁자가 될 가능성이 높았다.

한 교수도 동의하는 부분이었다.

"그럼 두 개 그룹 정도가 라이벌이 되겠네?"

"그 둘이 가장 강력하겠죠."

대목장을 끌어들일 능력이 된다는 것은 그들 가운데에서도 가장 힘 있는 그룹일 것이다.

적어도 내가 온 길을 똑같이 답습한다면, 대목장을 섭외하는 것은 필수적인 요소가 될 테니까.

"그들이 사람들을 다 모으기 전에 먼저 치고 들어가서 가시적인 결과를 내야 합니다."

사람들의 눈에 제일 먼저 보이는 게 선발주자다.

"박람회만 가지고는 아직 부족해요."

"음. 그래. 그걸로는 아직 임팩트가 약해."

"중동의 호텔 하나 정도는 집어삼키면, 사람들의 시선도 달라지겠죠."

"흐흐흐. 무슨 생각을 하는지 모르겠지만, 되기만 하면 시선 집중이 안 될 수가 없겠지."

생각만 해도 재미가 있는 모양인지, 한 교수의 입가에 의미심장한 웃음이 걸렸다.

"그럼 생각해 놓은 건 있냐?"

"아뇨. 아직은 없어요."

하지만 그는 기대하는 목소리였다.

"뭐가 되었든, 성훈이 네가 하는 거다. 어쭙잖은 결과는 나오지 않겠지. 잘해 봐라."

"지금쯤이면 이럴 거라 예상했어야 했는데. 너무 마음을 놓고 있었네요."

하지만 한 교수는 씁쓸한 듯했다.

"쉬기도 해야 할 텐데, 아직 젊으니 걱정하지 않는다만, 너무 무리하는 것 같아서 안쓰럽다."

"쉬는 건 이 프로젝트를 성공시킨 후가 될 거예요."

"네가 말하는 성공이 어디까지냐?"
"이 시스템이 한 바퀴 도는 시점입니다."
음료수를 홀짝이던 소피가 물었다.
"한 바퀴라뇨? 그게 뭔데요?"
한 교수와 눈빛을 교환했다.
'이 이야기를 해도 되겠느냐'고.
그는 나와 이 계획을 입안한 사람이었으니까.
그가 고개를 끄덕였다.
"네가 하는 일에 소피아 양도 끼어 있잖아. 굳이 안 끼울 생각이라면 몰라도."
"하긴 그렇네요."
소피를 보며 말했다.
"난 우리나라 전통 건축을 살리고 싶었어."
소피가 고개를 끄덕였다.
"네. 저도 알고 있어요."
"하지만 장인들에게 금전적 도움을 주는 건 일회성이지. 언제까지나 도와줄 수도 없는 노릇이고."
차 있는 술잔을 비우며 말을 이었다.
"그래서 그들이 자생할 수 있게 하고 싶었어. 그러려면 끊임없이 할 일을 만들어 줘야 해."
"맞아요. 수요가 없으면 장인들이 사라지죠."
소피가 수긍하며 고개를 끄덕였다.

권터가 산으로 들어갔던 이유도 근본적으로는 그것이 아니던가?

기계에 밀려난 손기술의 장인들.

"응. 맞아. 하지만 거기에는 순서가 필요하지."

"어떤 순서요?"

"살 사람이 있어야, 만들 가치가 있지."

소피가 조용히 고개를 끄덕였다.

구매할 사람이 없으면, 애초에 만들 필요가 없으니까.

동의하는 그녀를 보며 말을 이었다.

"우선 나는 우리 전통문화가 얼마나 독특하고 아름다운지를 세계에 알리고 싶었어."

"성공적이었죠. 저도 박람회에서 봤어요. 무척이나 새로운 경험이었어요."

그들은 잠재적인 구매자들이었고, 충분히 한국의 전통 작품을 위해 지갑을 열 사람들이었다.

'그걸 봤으니, 다른 곳에서도 침을 흘리는 거겠지.'

소피를 보며 말을 이었다.

"그걸 만들 사람들도 구해 뒀어. 하지만 한 번으로 끝나서는 안 되니까, 학과를 만들었고."

"아! 실력 있는 장인들을 지속적으로 공급하기 위해서였군요."

한 교수가 흡족하게 고개를 끄덕이는 게 보였다.

"하지만 이것만으로는 아직 완전하다고 못 해."

소피가 고개를 갸웃하며 물었다.

"또 뭐가 필요한 데요? 생산자와 구매자가 있잖아요."

"있기만 하지. 그것만으로는 돌아가지 않아."

소피는 금방 이해했다.

"아직 멈춰 있는 자전거네요."

"응. 하지만 한 번 구르면, 그때부터는 자동으로 굴러가지. 아직 그 첫발을 떼지 못했어."

"그렇군요."

"이 결과로 성공이냐, 실패냐가 결정된다는 말이야. 딱 한 번이면 돼."

시스템은 간단하다.

장인들의 작품들이 돈으로 환산되고, 그 돈은 다시 장인들의 생활과 후학들의 교육에 투자된다.

다시 그 후학들은 작품을 만들고 돈을 번다.

이 선순환이 완성된다면, 그 이후는 딱히 손대지 않아도 굴러간다.

'그쯤 되면, 올바른 방향으로 굴러가는지만 관리하면 되는 거지.'

"하지만 성훈 씨가 하는 일이니, 당연히 성공할 거고! 이미 다른 사람들보다 앞서가고 있잖아요. 급할 게 없잖아요."

또랑또랑한 눈으로 그녀가 묻고 있었다.

"그렇지는 않아. 앞서간다고 말할 수 있는 시점은 시스템이 완성 뒤의 이야기! 여기서 한 발이라도 삐끗해서 실패하게 되면, 바로 다른 사람이 내 자리를 대신하겠지."

"설마 그게 그렇게 쉬울까요?"

그녀의 말에 웃음이 피식 나왔다.

'그건 소피 당신이 몰라서 하는 말이야. 중국이 짝퉁 제작의 일인자로 군림하기 이전에는 그 자리를 한국이 차지하고 있었다고.'

하지만 내 입으로 내 조국을 짝퉁 왕국이라고 말할 수 있으랴?

"한국인들의 따라 만드는 실력은 만만치 않아."

한 교수가 고개를 끄덕였다.

"너도 성훈이 말에 동의. 똑같게 만들지 않을 거야. 비슷하게 만들겠지. 외국인들이 보기에는 그게 그것처럼 보일 테니까."

그는 정확히 분석하고 있었다.

"그럴 겁니다. 똑같이 진짜를 만들기에는 시간이 부족할 뿐더러, 시장을 선점하기 위해서 대충 만든 모조품을 내놓겠죠."

한 교수는 예상되는 결과에 한숨이 내쉬었다.

"어떤 의미에서는 그게 최악이거든."

말없이 채워진 잔을 비웠다.

한 교수가 내 마음을 대신했다.

"그렇게 되면, 지금까지 성훈이가 노력하면서 만들어 놓은 게……."

뒷말은 듣지 않아도 알 수 있었다.

"쓰레기가 되겠죠. 그 짝퉁의 오명은 제가 다 뒤집어쓸 거고요."

한 교수가 고개를 끄덕였다.

"왜 반드시 성공해야 하는지, 소피아 양도 알겠지? 다시 시스템을 재정비한다고 해도, 아무도 믿지 않을 거라는 거지."

'황금이 똥으로 바뀌는 건 순식간이지.'

그때 가서 '내가 원조다. 우리는 작품으로 속이지 않는다! 믿어 달라!' 아무리 그렇게 소리쳐도 사람들은 믿지 않을 것이다.

어쩌면 한국 전통 작품이라고 하면, 손가락질부터 할지도 모르고.

소피를 보며 말했다.

"그래서 무조건 성공해야 해. 실패하는 순간, 다시는 이 아이템으로 승부를 볼 수 없으니까."

한국 전통문화에 해를 끼치는 것이 한국인이라는 것은 아이러니하지만, 그렇지 않을 거라는 예상은 단 1%도 들지 않았다.

소피가 물었다.

"성훈 씨. 궁금한 게 있어요."

"뭔데? 물어봐."

"무슨 말인지 다 알겠는데, 어떻게 단 한 번으로 사이클링이 성공할 수 있다고 확신해요?"

"왜 우리나라에서 변호사 의사가 각광받는 직업인 줄 알아?"

"음. 인권과 생명에 대한 사명감? 꿈?"

정석적인 대답에 웃음이 나왔다.

그게 응당 당연한 답이건만…….

독일도 그러냐고 묻고 싶었지만, 묻지 않았다.

알고 있는 답을 물어볼 필요가 뭐가 있으랴?

"그런 사람이 없는 것은 아니지만, 가장 큰 원인은 월급을 많이 받기 때문이야."

직업의 위상?

그건 월급 명세서에 새겨진 숫자로 결정된다.

의사, 변호사의 연봉이 높지 않았더라도, 과연 인재들이 그렇게 모였을까?

부모가 의사 되라 변호사 되라며 강요했을까?

사명감에 하는 사람도 분명히 있겠지만, 대다수는 돈벌이로 선택했을 것이다.

'엘리트가 전통장인 되지 말라는 법이 어디 있어?'

그럼에도 왜 장인은 선망직업 일 순위가 되지 못할까?

가난하기 때문이다.

돈 때문에 한국은 고유의 것을 잃어간다.

하고 싶으면 하면 되는 거지, 돈 때문에 포기해야 할 이유가 어디 있느냐는 말이다.

"이 사이클이 한 번 돌고 나면, 전통장인들의 위상이 확 바뀌어 있을걸!"

한 교수의 양 볼에 미소가 고였다.

생각만으로도 흐뭇한 미래가 아닐 수 없었다.

이미 그들의 가치는 입증받았다.

압둘이 20억을 내고 우리 작품을 사갈 때부터.

"소피. 한국에는 대기업 지원자나 의사 변호사가 되려는 사람보다, 전통장인 지망자가 더 많아질 거야."

소피가 눈빛으로 물었다.

'왜요?'

"그 사람들보다 몇 배나 많은 돈을 벌 테니까."

다음 날.

소피와 성훈이 카미를 사이에 두고 실랑이를 하고 있다.

"성훈 씨. 저도 따라가면 안 돼요? 제가 운전할게요."

난처해하는 성훈에게 소피가 떼를 썼다.

"아직 숙취가 덜 깼을 거 아니에요. 어제 그렇게 마셔놓고는!"
"멀쩡하게 잘 들어갔거든! 나 말술이거든! 안 그래요, 교수님?"
한 교수가 성훈을 보고는 고개를 돌렸다.
'그런 놈이 소피아가 부어주는 줄도 모르고, 넙죽넙죽 잘도 마시더라. 외간 남자가 어쩌고저쩌째!'
한 교수가 외면하자, 성훈이 소피의 양어깨를 붙잡았다.
"자! 맡아봐! 술 냄새가 나는지? 지금 시간이 오후 한 시가 넘었어."

'어쩌다 이렇게 된 거야?'
한숨만 푹 나왔다.
이제 간다고 한 교수에게 인사나 할까 해서 왔는데, 소피도 사무실에 와 있었다.
한 교수에게 꿀물을 타주면서 말이다.
그러고는 소피에게 발목을 잡혔다.
'따라가서 뭐 어쩌려고?'
말만 한 처자가 못하는 말이 없다.
외국 여자들은 다 이런 건가?
단호하게 말했다.

"안 돼! 놀러 가는 거 아니야. 그리고 너하고 놀아줄 틈도 없을 거야."

하지만 소피도 쉽게 포기하지 않았다.

"여기 일은 거의 다 끝났단 말이에요. 성훈 씨."

팔을 붙들고 늘어지는 소피의 손을 떼어놓으며 말했다.

"아직 세부적인 사항들도 그렇고, 학과를 만든 뒤에도 마찬가지고. 모두 네가 조정해야 할 거 아니야? 그리고 총장은 방심해서 될 사람이 아니라고. 그러니까 네가 반드시 여기 있어야 돼!"

내 장문의 반박을 옆에서 듣던 한 교수가 피식 웃었다.

"네가 걱정 안 해도 어련히 알아서 할까 봐."

"에이. 그래도 아직 애라서 불안해요. 잘 좀 옆에서 도와…… 교수님. 애 좀 떼 주세요."

"어허. 그게…….”

한 교수가 말을 하다가 입을 다물었다.

소피아가 인상 쓰며, 그를 바라보고 있었다.

한 교수가 등을 돌리며 말했다.

"나는 모른다. 둘이 알아서 해라."

젠장! 이러면 최후의 수단을 쓰는 수밖에!

소피에게 말했다.

"난 자기 일도 제대로 못 하는 사람하고는 상종하고 싶지도 않아!"

자존심이 상했으리라.

내 팔을 놓으며, 그녀가 입술을 삐죽거렸다.

'삐쳐도 어쩔 수 없지. 여자를 옆에 끼고 무슨 일을 한다고.'

그래도 미안한 마음이 드는 건, 어쩔 수 없었다.

운전석에서 시동을 걸고 말했다.

"여기 일 다 끝내고 나면, 놀러 와도 돼."

"정말요?"

"대신! 한 교수님한테 OK 사인을 받아야 돼."

소피의 입가가 살며시 올라갔다.

"교수님 허락만 받으면 된다! 그거죠?"

"응."

소피가 손을 흔들었다.

"잘 가요. 성훈 씨. 금방 따라갈게요."

성훈이 마지막으로 당부했다.

"교수님. 우리 소피 좀 잘 부탁해요."

소피가 의미심장한 미소를 지었다.

"교수님. 잘 부탁해요."

한 교수가 먼 산을 바라보며, 뒤통수를 긁었다.

'허허. 나, 얘네들 틈에 끼어서 제 명에 못 죽는 거 아닌지 몰라.'

식후 오수(午睡)는 장수의 근본이라 했던가?

곽 이사는 의자를 젖히고 노곤한 오후를 즐기고 있었다.

따르르릉.

"어떤 놈이야? 이 시간에."

눈을 반개한 채, 책상 위를 더듬었다.

"어? 누구세요."

-곽 이사님.

자신보다 높은 사람이라면, 님 자를 붙일 리가 없는 법.

"어. 누구……."

-저. 성훈입니다.

"어, 업!

부리나케 의자에서 일어났다.

'아야야!'

"네. 네. 성훈님!"

어찌나 다급하게 일어났는지, 경황 중에 혀를 깨물어, 혀 짧은 소리가 났다.

-어디 아프세요?

혀를 한 번 내두르고는 얼른 대답했다.

"아닙니다. 울산에는 잘 내려가셨습니까?"

-아! 네. 저 지금 다시 서울로 가는 중이에요.

"네? 그게 무슨 말씀이신지? 사장님께서는 아무 말씀 없으셨는데."

-저 지금 현재에 입사하러 가는데, 남는 자리 하나 있나요?

'이 무슨 벼락에 콩 구워 먹는 소리야?'

"지, 지금 말입니까?"

-네. 안 돼요?

"안 되다니요……. 그 무슨…….

-곤란하신 모양이네요.

곤란한데, 뭐! 어쩌라고?

또 다른 데 간다고 하려고?

이제 하도 들어서 식상할 만도 하건만, 언제 들어도 가슴 철렁 내려앉는 소리가 아니던가?

"아닙니다. 올라오십시오. 당장 자리 만들어 놓겠습니다."

to be continued

우지호 장편소설

빅 라이프

돈도 없고 인기도 없는 무명작가 하재건,
필사적으로 글을 써도
절망뿐인 인생에 빛은 보이지 않는데…….

어느 날,
그가 베푼 작은 선의가
누구도 믿지 못할 기적이 되어 찾아왔다!

'글을 쓰겠다고 처음 결심했던 때를
잊지 말게.'

무명작가의 인생 대반전!
지금 시작됩니다.

포텐 POTENTIAL

Wish Books

어떤 사물에는 그것을 오랜 기간 사용한
사람의 잠재된 능력이 고스란히 담긴다.
그리고 난 그것을 사용할 수 있다.

천재 디자이너, 죽은 이도 살리는 명의,
감성을 울리는 피아니스트, 바람기 가득한 첩보원.
그 누구라도 될 수 있다. 단, 애장품만 있다면!

달인의 눈으로 세상을 바라보는,
유쾌한 민호의 더 유쾌한 애장품 여행기!

내 안에 몬스터 있다

형상준 현대 판타지 장편소설

태양의 흑점 폭발과 함께 새로운 시대가 찾아왔다!

마나와 능력자, 그리고 몬스터가 존재하는 현대.
그리고 그곳을 살아가는 마나석 가공 판매업자 김호철.
평소처럼 마나석을 탄 꿀물을 마시던 그는
번개에 맞고 신비로운 힘을 각성하게 되는데……

'내 안에서 몬스터가…… 나왔다?'

그것도 김호철이 먹은 마나석의 개수만큼 많이.